ALEPH ZÉRO

DU MÊME AUTEUR

Variétés de la mort, Albiana, 2001 ; Babel nº 1275.

Aleph zéro, Albiana, 2002.

Dans le secret, Actes Sud, 2007 ; Babel nº 1022.

Balco Atlantico, Actes Sud, 2008 ; Babel nº 1138.

Un dieu un animal, Actes Sud, 2009 (prix Landerneau) ; Babel nº 1113.

Où j'ai laissé mon âme, Actes Sud, 2010 (grand prix Poncetton de la SGDL, prix roman France Télévisions, prix Initiales, prix Larbaud) ; Babel nº 1247.

Le Sermon sur la chute de Rome, Actes Sud, 2012 (prix Goncourt) ; Babel nº 1191.

© Albiana, 2002
Publié en accord avec l'Agence
Pierre Astier & Associés

ISBN 978-2-330-01972-3

JÉRÔME FERRARI

ALEPH ZÉRO

$$\aleph_0$$

roman

BABEL

À Séverin Bozzi et Marco Biancarelli.

De même, il existe autant de couples de nombres réels que de nombres réels, donc autant de points sur une droite que dans un plan. Ce résultat a beaucoup surpris les mathématiciens, y compris son auteur, Georg Cantor, qui, après l'avoir démontré, écrivit à Richard Dedekind : « Je le vois, mais je ne le crois pas ».

MICHEL SERRES,
Dictionnaire des Sciences,
article « Ensembles ».

Le nom du plus petit cardinal infini est donc $\aleph_0$.
BERTRAND RUSSELL,
Introduction à la philosophie mathématique.

1

LA THÉORIE DE WIGNER

Louange à Dieu, le Seigneur des Mondes.
CORAN, la Fatiha.

Je ne sais pas pourquoi j'ai toujours eu sur les femmes un effet néfaste et définitif. Au bout de quelques jours passés avec moi, elles se transforment toutes en ce même être translucide et éteint qui n'a même plus la force de pleurer sur le triste fantôme des enthousiasmes passés, des goûts disparus et désormais incompréhensibles, des exaltations dévastées et des rires morts. Un même être languissant qui pose sur moi les mêmes yeux sombres et mats sous une chevelure à laquelle l'agonie d'un amour déçu a donné la même couleur indécise et froide. Quand elles se décident à me quitter, ce que j'accepte toujours volontiers moins par compassion que pour échapper à l'étau de la culpabilité, c'est toujours une surprise douloureuse de les retrouver, quelques semaines plus tard, avec des cheveux redevenus bruns ou blonds, un sourire éclatant et une main nerveuse et pleine d'avenir crispée joyeusement sur la sangle d'un sac à main tout neuf. Si par hasard elles acceptent de prendre un café avec moi, jamais plus de cinq minutes en général, je vois bien qu'elles ne comprennent plus comment elles ont pu supporter ma présence et leur propre déchéance sans avoir la force de réagir pendant si longtemps – c'est-à-dire, en moyenne, un mois et demi. Elles ne me sont cependant que rarement reconnaissantes de les avoir libérées de moi-même. Je crois qu'elles souhaitent surtout ne pas avoir à recroiser ma route trop souvent.

De toute façon, la plupart du temps, je n'arrive même plus à les reconnaître, tellement elles ont l'air heureuses, et je m'évite ainsi nombre d'expériences pénibles. À force, quand même, ça rend méfiant, ça coupe l'enthousiasme, ça donne l'air sombre. Quand j'y pense, il n'y a pas de mystère là-dedans, et j'ai beau essayer de présenter ça avec une forme de mysticisme élégant, qui pourrait laisser soupçonner l'œuvre obscure d'une malédiction improbable dont je serais tout à fait innocent, je ne crois pas un mot de tout ça et la seule chose, c'est que je ne suis vraiment pas quelqu'un d'intéressant. Elles s'emmerdent tellement que leurs cheveux déteignent. J'agis comme un narcotique, un anti-produit de beauté, l'ennemi absolu du cosmétique, une aberration des hormones. Avec elles, même moi, je n'arrive plus du tout à me trouver quelque chose de sauvable. Sauf les deux premiers jours et c'est là qu'est tout le malentendu. Les deux premiers jours, Seigneur, qu'est-ce que je suis intelligent, et beau, et drôle ! J'ai des tas de trucs inédits et surprenants à raconter, pleins d'esprit, avec de la classe, quelque chose qui sort vraiment de l'ordinaire. Bien sûr, c'est toujours la *même* chose mais elles ne peuvent pas le savoir, alors pendant deux jours, vraiment, elles m'aiment, elles veulent un enfant, ce qui fait que, bien sûr, c'est tout à fait inacceptable pour elles que, d'un seul coup, sans prévenir, je me transforme en un type muet et vide, pas du tout désirable. Elles attendent bien la résurrection du prince charmant, mais je ne ressuscite pas, et elles souffrent parce qu'elles y croient encore et puis, quand même, au bout d'un ou deux mois, il n'y a plus de doute possible, ça crève les yeux que je vais finir ma vie sous forme de crapaud, ou quelque chose de pire, ça se voit qu'aucun baiser ne peut rien pour moi, et elles sentent bien que les chevaux blancs ne viendront plus caracoler dans ma proximité immédiate. Elles s'en vont, donc. Mais, surtout, elles m'en veulent beaucoup, d'allumer des espoirs pareils pour leur claquer dans les mains comme le dernier des minables. Je n'ai pas le bénéfice du doute, pas du tout : mon vrai rôle, c'est bien le dernier, celui où je coasse bêtement sur mon nénuphar, avec mes pustules vertes et ma grande langue, et le charme, la magie, c'était quand j'étais beau.

Au début, à chaque fois – car je n'apprends *rien* – quand je sens que mes tendances batraciennes commencent à être visibles, j'essaye de la jouer dans le bucolique et je les amène faire un tour au barrage de l'Ospedale. Au début de l'été, surtout, c'est joli. Les gens des villages autour me voient arriver avec une fille, mais comme j'ai sur elles cet effet mimétique épouvantable dont je parlais tout à l'heure, ils ne se rendent pas compte que ce n'est jamais la même. On s'assoit au bord du lac et je m'imagine qu'elles vont trouver de la profondeur à mon silence, qu'elles vont croire que je leur offre une communion intime avec la nature, sentir l'harmonie cosmique. Parfois, ça marche un peu : certaines se mettent pieds nus, d'autres me versent de l'eau froide sur la nuque en me serrant la main très fort pour me dire que, vraiment, il n'y a pas de mots. Ça, on s'en rend vite compte que ce qui manque, surtout, ce sont les mots. Alors, on redescend, on essaye encore de faire passer notre air dépité pour une songerie romantique, mais c'est déjà foutu, et chacun sait à quoi s'en tenir. À force, je ne peux plus. Pourtant, je monte encore au barrage, mais tout seul, le plus souvent. Je dois croire qu'il peut encore se passer quelque chose.

Cette année, en juin, il a fait vraiment très chaud et le niveau du lac est très bas pour la saison. À la place de l'eau, on voit des étendues de boue grise parsemées des vestiges de la forêt qu'on a rasée, des centaines de souches, d'une couleur aussi terne que les cheveux des filles. Je connais ce spectacle par cœur, j'ai l'impression que je fais partie du paysage, il n'y a rien qui me soit si familier. Et puis, un vendredi matin, je regardais les souches et j'ai commencé à leur trouver un air franchement hostile. Le lac, le barrage, les montagnes, les arbres et même le vent frais, tout a pris subitement un aspect complètement inquiétant, comme dans un cauchemar. Les souches, surtout une, à une quinzaine de mètres, me semblaient vraiment malveillantes, dotées d'une présence individuelle tout à fait irréductible, comme si elles n'étaient plus les éléments d'un tout mais des excroissances absurdes, sur un sol complètement étranger, dans un décor de carton-pâte particulièrement scandaleux et maléfique. Je regardais les souches avec une espèce de terreur et pourtant, au sein du sentiment d'étrangeté totale qui commençait vraiment à me faire peur, j'avais l'impression que je ne faisais que revivre quelque chose de connu, de très banal, et que cette banalité faisait de mon expérience quelque chose, non seulement de déplaisant, mais aussi de ridicule et d'inepte. Et puis je me suis souvenu : le roman de Sartre, *La Nausée,* le personnage est pris de terreur devant une racine d'arbre, ça dure des pages, Sartre décrit en en rajoutant des tonnes l'expérience angoissante de la contingence. Ça fait bien des phrases inutiles. Ça m'a mis dans une colère noire. J'avais l'impression d'être entièrement dépouillé de mon angoisse, comme si elle m'était tombée dessus par erreur, comme un vêtement pas à ma taille. Mon Dieu ! J'étais l'existentialiste de l'Alta Rocca ! Le Roquentin de l'Ospedale ! Bref, quelque chose de grotesque. J'ai rejoint ma voiture, en me retournant de temps en temps pour m'assurer que les souches n'allaient pas me suivre, et je suis redescendu en ville complètement submergé par la peur et, en même temps, par la honte et, en même temps, par le mépris. J'aurais quand même préféré que mes terreurs conservent quelque chose de personnel, ça m'aurait aidé à me supporter. Ou, au moins, quitte à les partager, pas avec Sartre !

Avant d'arriver chez moi, je me suis souvenu qu'une de mes collègues fêtait son départ anticipé à la retraite et j'ai pensé que ce serait bien de faire un tour pour me changer un peu les idées. Quand il se passe quelque chose d'un peu spécial, on ne peut pas savoir ce que ça voulait dire avant que la suite nous le révèle, c'est bien connu. Alors on n'est pas tout à fait blâmable si on a l'espoir stupide de se changer les idées. Quand j'ai débarqué, on venait de prononcer un petit discours et tout le monde buvait du champagne. J'ai pris une coupe et j'ai été embrasser ma collègue, Béatrice, qui m'a paru un peu triste, comme c'est bien normal quand on se rend compte qu'on a vraiment raté sa vie. Une heure avant, je n'y pensais pas, à cette femme, mais là, avec sa tristesse, sa beauté qui s'enfuyait et ses rides émouvantes, elle m'a touché, quand même. Surtout qu'elle me regardait avec une espèce de gratitude et aussi un air plein de compassion pas très agréable mais bien gentil. J'ai aussitôt imaginé une tragédie terrible qui aurait expliqué qu'elle veuille arrêter son travail, quoique les raisons d'arrêter ne manquent pas, c'est plutôt les raisons de continuer qui sont rares, mais moi, non, une tragédie, j'ai pensé, et quelque chose s'est écrit dans ma tête, j'y tenais un rôle gratifiant et elle me désirait. Au fond, c'est à moi qu'elle faisait envie mais je n'ai rien pu dire et je l'ai raccompagnée jusqu'à sa voiture sans qu'elle ne dise rien ; je suis resté avec mon fantasme minable, mon incapacité à agir, et des heures à tuer avant de me coucher. Et finalement, je crois que c'est la manière dont elle m'a regardé qui m'a empêché d'agir. Peut-être existe-t-il un autre univers dans lequel, ce soir-là, j'ai couché avec Béatrice.

En 1961, Eugene Wigner, prix Nobel de physique, exposa la théorie grâce à laquelle il pensait résoudre le vertigineux paradoxe du chat de Schrödinger, une des monstruosités de la pensée issues de la mécanique quantique. Nous vivons tous confortablement installés dans un monde régi par la logique du tiers-exclu. Jusqu'au début du XXᵉ siècle, la science a connu un pareil confort. Il est devenu commun de prétendre que, alors que les expressions mathématiques de la physique classique trouvaient toujours un référent empirique, la physique quantique privilégie un formalisme mathématique indépendant de tout référent. Aucun homme ne peut se représenter le monde que décrit la physique quantique : c'est pourquoi il est plus facile de ne pas se demander quel est ce monde. Mais il est plus intéressant de penser que ce monde existe et que c'est la pensée humaine qui a buté d'elle-même sur une forme de réel qui ne se laisse plus saisir par ses anciens et vénérables outils. Avant d'être mesuré, tout système quantique est formalisé par une fonction d'ondes. *Concrètement, cela signifie qu'un système quantique non mesuré consiste en une superposition abominable de tous ses états possibles.* Les objets qui nous entourent sont à telle place ou à telle autre, de telle forme ou de telle autre. Mais les particules élémentaires, elles, sont partout et nulle part. Au moment d'être mesurées, elles quittent leur superposition d'états potentiels pour s'actualiser en un état précis. On appelle ce phénomène de suppression des possibles « réduction du paquet d'ondes ». Bien sûr, tous les objets qui nous entourent sont eux-mêmes composés de particules élémentaires ; comment comprendre alors leur stabilité, comment expliquer que ma tasse de café soit bel et bien posée sur la table et n'occupe pas tout l'espace du salon, tout l'espace de l'univers ? Wigner résout magnifiquement ce problème ignoble et, sans hésiter à balayer tous les présupposés positivistes de la science, il fait appel à la *conscience*. C'est notre conscience, dit-il, qui réduit le paquet d'ondes et force le monde à adopter un seul état, c'est notre conscience qui empêche le monde de se présenter à nos yeux sous la forme d'un chaos monstrueux, insaisissable et indescriptible comme l'Enfer. Chaque chose porte effectivement en elle son contraire mais la conscience qui s'en saisit la contraint à ne présenter qu'un seul de ses visages possibles. Personne n'a songé à la portée théologique d'une telle théorie qui réconcilie la toute-puissance et la bonté de Dieu. Dieu tout puissant a réellement créé, ce que Leibniz même n'avait pas osé rêver, tous les mondes possibles en un seul mais, sachant que l'homme ne pourrait pas le supporter, il a permis dans sa bonté que notre entendement étriqué ne nous fasse vivre que dans un monde unique. Pourtant, l'expérience du multiple et de l'informe est si proche, si concrète, si terrifiante… Pourtant, grâce à Wigner, tout devient si clair ! Tout ce que je ne comprenais pas, tout ce qui n'avait pas de sens… Comme la fois où je n'ai vraiment pas pu bander et que j'étais si confus… Moi, composé informe de possibles infinis, je tenais cette fille dans mes bras et me trouvais donc dans un état superposé « je bande – je ne bande pas » ; mais elle a ouvert les yeux et m'a regardé et sa conscience malveillante m'a précipité dans un corps unique et blessé, emprisonné désormais dans le tragique état « je ne bande pas ». Oh ! Mon autre corps, mon corps triomphant, celui sur lequel elle aurait posé un autre regard, où est-il ? Ici même, dans un autre monde, ce monde où Béatrice me voit, où je lui parle, et où je ne la laisse pas s'en aller toute seule, le monde où je commence en crapaud et finis comme un prince.

« Pourquoi tu t'habilles toujours en vert depuis une semaine ? » me demande Anna dans ce monde-ci. Anna est mon amie. Je ne l'ai jamais amenée à l'Ospedale, je ne l'ai jamais déçue, elle n'a jamais imaginé que j'étais un autre. En rentrant du lycée, je l'ai retrouvée dans le bistrot où je la regarde boire du thé à la menthe presque tous les soirs et elle me demande ça. Je la connais depuis quelques années. Par des amis communs peut-être ou par hasard, enfin quelque chose qui n'a pas d'importance du tout maintenant que je la connais. Anna est très belle et elle aime beaucoup sourire. Elle déteste les confidences, tout ce qui touche à la vie privée la répugne et maintenant que l'amitié consiste surtout à faire goûter sa boue à quelqu'un d'autre, maintenant qu'il s'agit de se régaler de nos insignifiances communes, exercice dans lequel j'excelle tout particulièrement avec les autres, Anna devrait être très malheureuse. Mais elle ne l'est pas je crois, son propre système de mesure donne naissance à un monde dans lequel elle peut sourire. La première fois que je l'ai rencontrée, elle m'a posé une question terrible, elle m'a demandé : « Est-ce que tu es un bon prof ? » À quel âge je me suis déniaisé, mes chagrins d'amour, tout ça, elle ne me l'a jamais demandé, elle s'en moque, mais cette question-là, vraiment – jamais on ne m'avait posé une question plus intime et en même temps plus éloignée de toute forme de trivialité poisseuse. Alors, moi, je suis devenu avec cette question quelqu'un qui a pu parler de lui sans être obligé d'avoir honte plus tard, avec une espèce de sincérité totale, mais sans la honte, et sous ses yeux, c'est ce que je deviens presque tous les soirs, je la regarde qui boit son thé à la menthe et je sens que s'installe, d'une manière furtive et provisoire, une sorte d'harmonie exceptionnelle entre moi et moi-même. « Est-ce que tu es un bon prof ? », il faut être le dernier des cons pour ne pas comprendre que ce n'est *pas* une question professionnelle, mais au contraire quelque chose qui vous force à plonger profondément en vous-même sans que puisse remonter à la surface quelque chose d'aussi fondamentalement répugnant que vos larmes d'amour et votre orgasme au clair de lune, c'est quelque chose que personne ne demande jamais. Et la réponse, comme elle est difficile ! Comme elle rend impossible toute complaisance, toute fausse modestie, toute hyperbole ! Oh, Anna, je fais ce que je peux, tu sais, et pour commencer, j'évite de me poser cette question, je suis comme tout le monde, je préfère penser que ma vie affective présente suffisamment d'intérêt pour me rendre *au moins* malheureux, pour que je puisse

écrire sérieusement que j'ai un effet néfaste et définitif sur les femmes, que je l'ai toujours eu et que
ça doit bien vouloir dire quelque chose. Avec elle,
tout ça ne m'intéresse plus du tout et pour prévenir
à l'avance une interprétation sordide et inévitable
de ma relation avec Anna, je dirai que non, je ne
suis pas amoureux d'Anna, que jamais je ne pren-
drais le risque, pour rien au monde, de voir dégéné-
rer notre amitié en amour, de voir ses cheveux noirs
perdre de leur obscurité, et surtout de surprendre au
fond de ses yeux quelque chose qui ressemblerait à
du dégoût ou à de la déception.

« Pourquoi tu t'habilles toujours en vert depuis
une semaine ?

— Moi, je suis habillé en vert ? C'est ce que tu vois ?

— Oui ! dit-elle en riant. Tu as un pantalon vert
et une chemise verte, et tu ne t'habilles qu'en vert depuis une semaine. C'est absolument hideux, ça ne
te va pas du tout !

— Pourquoi ? Tu n'aimes pas le vert ?

— Si ! Si ! proteste-t-elle. J'aime ça… Mais
d'abord, ça ne *te* va pas du tout, à toi, et puis tu fais
exprès de choisir des verts absolument immondes,
du genre marécage, quelque chose qu'on ne voit
plus, grâce à Dieu, depuis les années soixante-dix,
et ça te fait un teint dégueulasse, tu serais blond
encore, mais là, on dirait que tu es malade… Oh,
non ! même blond, ça n'irait pas, c'est horrible ! Je
ne sais même pas comment ni où tu as pu acheter
des trucs d'une couleur pareille, je ne comprends
pas qu'on les vende, je ne comprends pas que les
gens qui travaillent avec toi supportent de…

— J'ai compris, ai-je dit en riant aussi, ça va ! Je trouve que c'est une couleur qui me va moralement bien. En m'habillant en vert, ce vert-là, je fais passer aux gens un message sur ce que je suis et comme ils s'en foutent de ce que je suis, ils ne disent rien, à moins qu'ils ne soient d'accord avec le message…

— Il dit quoi ton message ? "Je suis un crapaud" ?

— Oui ! dis-je et je me lève pour l'embrasser sur le front. C'est exactement ce que dit mon message sauf que, tout bien considéré, ce message ne vient pas de moi… Allez, on arrête, c'est juste une faute de goût, c'est tout, merci de me l'avoir signalée avec tact et délicatesse. »

Pendant que je parlais, ça a recommencé, comme à l'Ospedale. Le comptoir, les murs avec les tableaux, la rue que je vois par la porte, tout ça ressemblait tellement à un décor, était si faux, et moi-même, avant que les yeux d'Anna ne me ramènent en moi, bien solidement assis sur ma chaise, j'avais tellement la sensation de m'éloigner à toute vitesse de mon corps, comme si, à ma place, avec ma voix, ce n'était qu'un mannequin complètement étranger qui parlait. Anna remarque mon changement de ton et me dit : « Qu'est-ce que tu as ? Je ne t'ai pas vexé, hein ? C'est pas possible ça, pas vrai ?

— Non, Anna, non, tu ne m'as pas vexé. J'ai eu une journée bizarre et puis, au fond, il doit y avoir quelque chose de vrai dans cette histoire de message, les choses ne sont plus les mêmes ou plutôt, tu sais, elles sont exactement les mêmes mais je ne peux plus les voir comme avant, je ne peux plus trop

croire dans les choses, et peut-être ça rend mes journées un peu difficiles bien que, au fond, il n'y ait
rien de vraiment difficile, ni d'intéressant, sauf que
tout se ressemble, elles se ressemblent toutes, les
femmes, par exemple, et j'ai peur de ne pas me souvenir de qui j'ai déjà touché, c'est confus et il a fait
très chaud, ça alourdit tout, ça me fait confondre les
choses que j'ai faites et les choses qui restent à faire,
comme si c'étaient les mêmes exactement, comme
si j'étais tout seul à le savoir et que je ne puisse le
dire à personne, parce que je saurais que personne
ne pourrait me comprendre, je ne veux pas dire psy-
chologiquement, mais seulement comprendre dans
le sens comprendre une langue, tu vois, pas du genre
"personne me comprend", non, ne crois pas que je
serais là devant toi pour te dire une chose grotesque
et stupide comme « personne me comprend », mon
Dieu, non, c'est juste un problème d'inadéquation
totale entre ce que j'ai à exprimer, ce que je vou-
drais, et les moyens linguistiques manquent beaucoup, par exemple, tu connais Wigner, non ? C'est
ça, c'est dur à exprimer, parce que les mots sont
pas faits pour ça, par exemple, en physique quantique, le temps a deux sens, pas un seul, pas d'ir-
réversible, comme si par exemple, tu avais vu que
j'étais habillé en vert avant que je m'habille en
vert, tu me vois et ça fait que ce matin, au lieu d'un
jean et d'un tee-shirt, comme je croyais, moi, j'ai
mis ces trucs verts et pas seulement ce matin mais
depuis une semaine, et comment dire ça, avec quoi,
avec quel monde commun, comme si j'étais le seul
à parler une langue sans personne à qui la parler,

qu'est-ce que ça devient une langue, quand il n'y a qu'un locuteur, c'est ça qu'il faudrait savoir, pourquoi je déçois les filles, c'est pas une question, ça, mais quelqu'un qui serait seul à parler une langue, ça, oui, c'est une question et vraiment, je… »

Anna pose ses deux mains sur mes mains. Je vois les doigts blancs et fins avec quelques bagues magnifiques et je sens une fraîcheur délicieuse m'envahir et freiner tout le flux des paroles qui commençaient à m'étouffer. Je souris à Anna. « Je vais t'inviter à manger au restaurant, me dit-elle, mais je ne veux plus entendre parler de physique quantique, d'accord ? Ou alors, *doucement*… Tu veux bien ? » J'ai envie de lui dire quelque chose d'irréparable mais ses yeux me font taire, comme ceux de Béatrice et ça passe : maintenant je n'ai jamais eu cette envie. Je réponds « oui ». J'entends commander une bière dans mon dos, je me retourne et je vois Jean, un de mes collègues, qui rentre dans le bar. Il me regarde des pieds à la tête, s'assoit à notre table, fait une grimace en me regardant encore et me dit : « Il te manque plus qu'un nénuphar, mec ! »

« Je suis le soutien-gorge d'Anna ». Voilà ce que je deviens au restaurant, après une dizaine de bières, deux whiskies, et une bouteille d'un vin du Cap lourd et sombre comme du bitume. Anna et Jean sont en train de discuter et moi je ne dis rien du tout. Je regarde, pour commencer, parce que je me rends compte que j'aime la regarder. Elle a une chaîne d'or autour de la cheville et ça me donne chaud. Et puis je vois la dentelle blanche de son soutien-gorge, un petit bout, et c'est une bonne idée pour cesser d'avoir des idées érotiques absolument dégueulasses qui la forceraient à me détester si elle savait, alors, comme je ne peux pas chasser ces idées, je me chasse moi et je me laisse devenir tout doucement le soutien-gorge d'Anna. Je suis beau et souple, une pièce rare, et j'ai coûté la peau du cul. Qualité artisanale : esthétique et efficacité. Je suis écrasé par le poids de ses seins, le gauche surtout, qui est un peu plus gros que l'autre, et au centre de mon corps de dentelle, je sens une pointe de chair qui me pique délicieusement, et je suis chaud et humide parce que c'est l'été, une humidité charmante et parfumée, si parfumée que moi-même je sens bon, et je ne pense pas, je remplis bêtement et parfaitement ma tâche d'être rempli, dans le bonheur et le silence, rempli aussi d'une haine inoffensive pour la main qui me retirera, sauf si c'est sa main à elle, et j'en pousse un tel soupir que Jean et Anna me regardent d'un seul coup et me propulsent à ma vraie place. Je leur fais signe de ne pas faire attention et je me dis que j'étais idiot, que j'ai mal joué mon rôle et qu'un soutien-gorge ne gémit pas. Donc plus de soutien-gorge. Je suis la culotte d'A… Non ! Il faut arrêter ça tout de suite. Je suis moi et je n'ai pas fini mon assiette. Je n'aime pas Anna.

Plus tard, je suis rentré dans mon studio. Avant, j'ai traîné un peu. Dans la rue, ça sentait l'été terriblement et j'ai encore eu ce sentiment d'étrangeté – mais pas avec les lieux. Les lieux étaient les bons. C'était le temps qui n'allait pas. Normalement, avec cette odeur-là, j'ai dix-sept ans. Moi, maintenant et cette odeur, ça ne va pas. Je ne suis pas angoissé du tout cependant, au contraire, je ressens une exaltation tout à fait anachronique mais très agréable, et tout est tellement possible. Quelque chose peut arriver, va arriver, simplement je ne sais pas quelle chose. Rien, bien sûr – alors je rentre, à regret, mais en me sentant bien raisonnable tout de même, ce qui m'attendrit un peu. Chez moi, bien sûr, il n'y a personne mais je suis encore raisonnable. Je prends une bouteille d'eau, j'avale deux aspirines préventives, et je m'apprête à monter les escaliers qui me conduisent à ce que le propriétaire a le culot d'appeler une mezzanine alors qu'on doit y ramper si on ne veut pas être assommé par les énormes poutres en chêne du plafond. Avant que je mette le pied sur la première marche, je peux sentir l'expansion de mon corps. Elle est lente et incontrôlable. Quelque chose de moi monte les escaliers et quelque chose s'étend dans la pièce jusqu'à la minuscule et unique fenêtre qui me précipite sur la ville et encore autre chose s'insinue entre les livres de la bibliothèque et j'ai peur mais heureusement je retombe en moi-même recroquevillé, à genoux, et en larmes au pied de l'escalier. Je me sens d'une tristesse mortelle et je pleure avec aisance. Mais en même temps je me regarde pleurer du haut de l'escalier et je me trouve ridicule et je me le dis et je déteste ce type à genoux en bas de l'escalier qui prend sa tristesse au sérieux et je lui hurle des horreurs, des obscénités abominables et aussi ridicules que lui, je crie en riant de toutes mes forces, baisse ton pantalon, fourre-toi deux doigts dans le cul, ou trois, pisse-toi dessus, avale ta merde, espèce d'enculé, regarde bien la larve que tu es, me crie-t-il, et il se fout de ma gueule et rajoute que je devrais baiser plus, que j'ai tort de me plaindre, que je suis un merdeux de dix-sept ans, et il me force à m'imaginer en train de m'enfiler malgré moi deux doigts dans le cul en pleurant ce qui me désespère et me donne le fou rire. Ça se termine. Le vin du Cap est bien la pire des saloperies qu'on puisse imaginer. Ça m'étonnerait que les aspirines m'évitent la gueule de bois du siècle. Mais aussi! Quelle force! Quelle puissance! Comment est-il possible qu'il y ait tant de révélations dans l'insignifiance et du chaos dans les choses raisonnables? Je sens l'attention bienveillante d'une divinité qui me comble et me procure enfin une jouissance véritable. Oh! Comme je me sens plein de gratitude en m'allongeant dans mon lit, les yeux ouverts sur les poutres sombres, comme j'aimerais prier et répandre cette gratitude dans tous les mondes de Dieu… Oui, dire merci parce que, ce vendredi douze juin, en quelques heures, enfin, j'ai commencé de passer au-delà de la Nature.

« Tu as la cote avec la nouvelle serveuse » me dit Jean le lendemain pendant qu'on boit un café. Je ne l'avais même pas remarqué plus que ça mais effectivement, il y a bien, depuis deux jours, une nouvelle serveuse. Pas toute fraîche. Pas élégante du tout. Mais à bien y regarder on trouve en elle une certaine forme de grâce timide et c'est vrai que ses yeux se posent sur moi très souvent, en un va-et-vient apaisant, des bouteilles d'alcool à moi, de la vaisselle sale à moi, des clients méprisants à moi. Du coup, je deviens beau. Je laisse faire. Je n'ai subitement plus peur de la déception fatale et des cheveux ternes, je m'installe doucement dans la peau familière et étrange du beau jeune homme qui ne m'est rien. Toute chose qui m'arrive est bénie, murmure la voix tendre de ma gueule de bois.

« Elle est moche, mais elle a l'air bonne, assure Jean. C'est beaucoup mieux que le contraire, crois-moi sur parole ! » – et il entreprend de me faire le récit détaillé d'une de ses aventures sexuelles, survenue l'été dernier avec une vieille Allemande, presque une vieillarde, à l'en croire, qui lui a fait connaître l'extase pornographique à l'aide de manigances buccales dont il ne soupçonnait pas la possibilité. Maintenant, il les explique, les manœuvres de la vieille, me les prédit pour très bientôt, en mieux, devient de plus en plus détaillé et moi je regarde la porte du bar, j'ai peur qu'Anna arrive et découvre de quoi parlent les hommes entre eux, et me méprise comme si j'étais un condensé épouvantable de la virilité en déroute. Et, bien sûr, voilà justement Anna qui rentre et s'approche rapidement de la table, je ferme les yeux de terreur et, Dieu merci, quand je les ouvre, ce n'est plus Anna mais une fille que je n'ai jamais vue de ma vie et qui me toise pourtant avec un air absolument réprobateur et même, je m'en rends compte, une espèce de haine. Jean s'arrête de parler et la regarde avec surprise.

« Salopard, hurle l'apparition. Ordure ! Ignoble individu ! (Oui, elle dit bien "Ignoble individu !").

Tu m'avais dit que tu devais quitter la ville, que tu étais obligé de me quitter ! Espèce de lâche dégueulasse ! »

Juste au moment où j'allais ouvrir la bouche pour lui assurer que c'était une méprise regrettable, elle prend ma bière et me la jette au visage et puis, tout de suite après, elle me colle une gifle. Et avant même que j'aie pu dire quoi que soit, elle est déjà sortie en pleurant et en me traitant une dernière fois d'enculé.

« Qui c'est cette malade ? T'as vu ça ? demandé-je à Jean qui commence à rigoler. D'où elle sort, cette cinglée ?

— Tu te fous de moi ? demande Jean. C'est toi qui me l'as présentée le mois dernier. Comme tu n'arrivais pas à t'en débarrasser, tu lui as fait croire que tu étais muté au Togo. Tu comptais quand même pas ne pas lui retomber dessus un jour ou l'autre ? Tu as vu la taille de cette ville ? Tu sais où on vit ? C'était complètement con comme prétexte… »

Je le regarde avec un air entendu. Cette histoire est absurde, complètement impossible. D'abord, ce sont les femmes qui me quittent, *moi*, et jamais l'inverse. Ensuite, je ne connais pas celle-là. Évidemment, maintenant que Jean m'a dit ça, je me souviens bien d'un truc de ce genre et je me rappelle que j'ai eu une aventure avec cette fille, mais ce souvenir n'est pas à moi, il n'a rien à voir avec moi, c'est comme un collage surréaliste, un cadavre exquis. Maintenant, on ne me la fait plus ! Je sais bien, depuis que ma vision des choses a pu acquérir cette miraculeuse acuité, que le passé attend d'être imprimé comme une cire molle et docile, je sais que tous mes souvenirs ne me concernent pas vraiment. « Oui, oui », je lui dis, à Jean. La serveuse arrive sur moi avec un torchon et entreprend de m'essuyer le visage en faisant des petites moues de compassion absolument ridicules et c'est ce moment-là que choisit Anna pour débarquer. Cet abruti de Jean lui explique tout ce que, dans son innocence d'abruti, il croit être la réalité et Anna se met à rire. J'aimerais virer la serveuse, lui dire que ça va, que vraiment, ce n'est pas le moment, mais au lieu de ça, elle me regarde et je lui dis :

« Merci beaucoup. Comment vous vous appelez ?

— Huguette, répond-elle avec un grand sourire niais. »

J'aurais dû m'en douter. Rien ne me sera épargné. Mais malgré tout j'ajoute : « Ça vous dirait que je vous invite à dîner pour vous remercier et pour que vous oubliiez les idées fausses que vous avez pu vous faire sur moi, ça vous tente ? » Inutile de préciser qu'elle répond oui.

Il existe d'autres interprétations de la mécanique quantique que celle de Wigner. En 1957, Hugh Everett, qui ne comptait accorder aucune importance à un phénomène aussi discutable que celui de la conscience proposa une explication matérialiste qui rencontra un certain succès dans la littérature de science-fiction. Pour lui, à chaque mesure, tous les états possibles d'un système s'actualisent en autant de mondes parallèles. Sans doute jugeait-il que c'était le seul moyen raisonnable d'éviter des extravagances coupables et gravement entachées de métaphysique. René Thom, mathématicien, pense, quant à lui, que la physique quantique est le plus grand scandale intellectuel de tous les temps. Qu'une théorie soit, en même temps, constamment efficace et complètement incompréhensible est quelque chose d'inacceptable. « Je dis simplement, confie-t-il dans un entretien, que si l'on réduit la science à n'être qu'un ensemble de recettes qui marchent, on n'est pas intellectuellement dans une situation supérieure à celle du rat qui sait que lorsqu'il appuie sur un levier, la nourriture va tomber dans son écuelle. La théorie pragmatiste de la science nous ramène à la situation du rat dans sa cage ». Il est clair que Thom critique ici aussi bien l'interprétation de Copenhague, prudente orthodoxie sanctifiée par Niels Bohr, que les errances idéalistes et matérialistes de Wigner ou d'Everett. Cela signifie que nous ne *devrions* pas être comme des rats dans une cage, qui ne comprennent rien à un mécanisme dont ils maîtrisent le fonctionnement. Cela signifie que nous *pourrions* être autre chose. René Thom ne soupçonne pas qu'il décrit une situation sans doute déplorable mais avant tout conforme à la réalité et donc absolument nécessaire. Il a raison sur un point, cependant : c'est tout à fait inacceptable.

C'est comme si c'était déjà arrivé. Je serai demain soir au restaurant avec Huguette et je lui parlerai sans difficultés apparentes et elle va rire et je saurai que tout ça est dépourvu de toute spontanéité, de toute intelligence et que c'est en cela que j'excelle et nous irons chez moi, on baisera avec une ferveur mensongère et mon visage reflétera du plaisir alors que moi je serai triste à mourir d'être enfermé dans les bras de cette fille que je ne voulais pas connaître – à moins que je n'aie désiré tout ça – et j'aurai beau faire, je ne pourrai pas m'échapper pendant un temps infini des frontières implacables de ses bras. Pour l'instant, par bonheur, Jean est parti à un conseil de classe et je suis en face d'Anna mais j'ai l'impression qu'elle a tout compris et qu'elle me regarde avec un sentiment que je ne veux nommer pour rien au monde et que pourtant je nomme :

« Tu me trouves méprisable ? »

Elle a d'abord un mouvement de recul et son visage devient si triste que je me rends tout de suite compte que je me suis trompé. Et puis elle fait ce geste qui m'éblouit toujours, ses deux mains fraîches sur les miennes, qui brûlent – et elle fait non de la tête.

« Je ne veux pas que tu croies ça, dit-elle, jamais. Ça ne m'intéresse pas ce que tu es avec les autres gens, et ce qu'ils pensent de toi, ça ne m'intéresse pas non plus, pas du tout. Simplement, ça m'inquiète de te voir t'inquiéter comme ça, ça m'inquiète de te voir agir comme si tu ne pouvais rien à rien…

— Je ne peux rien à rien, c'est la vérité.

— Non, ce n'est pas la vérité, dit-elle, pas du tout, c'est idiot de croire ça, mais je ne peux rien faire pour toi, et peut-être ce n'est pas la peine d'en parler parce que je crois qu'en plus ça te dérange. »

Je fais oui, sans la regarder. Je ne peux rien lui dire. Et pourtant j'aimerais lui dire : comment peux-tu croire que je peux quelque chose à ce qui m'arrive ? Mais je ne dis rien et je pense, je suis ce qu'ils veulent et c'est ce qui me rend heureux. J'imagine maintenant quelque chose, pendant que tu bois ton thé, je l'imagine pour la première fois, un monde dans lequel ce n'est pas vrai que je ne t'aime pas, un monde dans lequel je t'aime tellement, tellement et puis aussi, dans ce monde, imaginons, je crois que je peux agir et j'imagine ce que ça change ; un soir, dans ce monde-là, dans ce monde qui est peut-être déjà créé ailleurs, nous sommes amis et toute allusion à de l'amour a quelque chose de choquant et de petit, mais ce soir-là, nous sommes tous les deux et c'est dans ton salon que nous buvons le thé parce que, bien sûr, nous sommes amis, alors la situation n'a rien d'ambigu, rien du tout, et on rirait si quelqu'un pensait le contraire et nous buvons du thé assis par terre, moi tout près de toi en train de mourir en regardant la chaîne d'or de ta cheville, le balancement de tes seins quand tu te penches pour prendre ta tasse, tes cheveux noirs et tes seins, la nuit d'été entre tes cuisses, mais il n'y a rien d'ambigu, et je sens que tout ça est horriblement faux, que c'est un mensonge scandaleux et que s'il ne peut rien y avoir d'ambigu, c'est que je t'aime et te désire, et alors, imaginons, lui, ce type qui vit dans ce genre de monde, sous prétexte qu'il fait chaud, ou que vraiment ce n'est plus supportable, il décide, tu vas rire, il décide que quelque chose dans sa vie dépend de lui et que maintenant il peut, il *doit* parler à Anna et lui dire pour cette histoire de nuit d'été entre ses cuisses, cette métaphore inepte, obscène parce qu'il t'aime tellement qu'il ne peut pas penser à ta chatte sans métaphores terribles et il dit à Anna que, oui, il prend un risque de lui dire tout, sans parler d'amour, bien sûr, tu parles, pas si bête, mais comme l'exige le monde dont je parle maintenant, en parlant de *sentiments*, sans dire lesquels et en étant sûr que tout est tout à fait noble et irréprochable parce que, là, au milieu, dans le mensonge, nous avons le mot *sentiments*, et la nuit d'été, et pas amour, ou chatte, et tandis qu'il parle avec des rougeurs insupportables et un trou, comme toi, dans le ventre, il sent à voir ton silence et tes lèvres qui ne se ferment pas que la réponse que tu vas lui faire est bonne et belle et il parle avec ferveur, et en mentant encore plus parce qu'il n'a plus rien à gagner, il sait qu'il a gagné déjà, et tu prends ma main dans ta main fraîche, et nous attendons terriblement pour nous embrasser et quand je t'embrasse, c'est un gouffre que j'ai dans le ventre et la poitrine, ah, la poitrine et les sentiments, et la certitude que notre vie peut changer grâce à nos efforts, et je bois ta salive en entendant battre ton cœur et ton ventre contre moi, je bois, tes parfums d'ambroisie, Anna, je les bois tous, et c'est ton lit maintenant, tu enlèves toi-même ton T-shirt et le mien et, enfin, je dégrafe ton soutien-gorge, et il est heureux de sentir ma main, toi tu peux me dégrafer, pas un de ces salauds qui n'y comprennent rien à la nuit d'été ou au reste, et tu gardes ta jupe et tu dis, pas ma jupe, si je l'enlève, j'enlève tout, je sais, pas ce soir, mais tu as mes seins, ils sont à toi, mes seins, ma bouche aussi, et je vénère tes seins, je les fatigue, et je fatigue ta langue et la mienne, et c'est encore mieux, si on ne baise pas, on a le temps, c'est plus *pur*, et voilà le troisième mot attendu, l'émergence de la pureté dans tout ce mensonge, comme je suis pur, comme j'ignore que je bande, je ne le sais pas mais tes yeux me le disent tant, comme j'aime tes seins et comme je sais avec certitude que ma vie a changé et je veux encore le pur été des cuisses recouvertes et des seins nus, de la bouche qui me noie, et je suis lourd mais, Seigneur, comme je veux encore mais quand même je m'endors sur tes seins en touchant encore ta langue du bout de mes doigts, je sais que demain, je prononcerai le mot amour, et chatte, aussi, et que tu sauras que je t'aime, que tu l'as déjà deviné, et quand j'ouvre les yeux, c'est le matin, le regard d'Anna est sur moi, ton regard Anna, sur moi et je sens bien que tout était déjà fini avant le début, tu n'as rien deviné du tout, il n'y avait rien à deviner, et maintenant seules deux choses, pas une de plus, peuvent se passer, si j'en crois et j'en crois Wigner, pas plus de deux choses, la première, première mesure qui détruit tout ce qui était possible avant que tu me regardes, tu me regardes et tu dis en riant que non, mais ça alors, mais qu'est-ce qui a bien pu nous prendre hier soir, des amis comme nous, tu parles, et moi je ris aussi, ça alors, elle est bien bonne, nous voilà plus amis que jamais, ou alors, la seconde mesure, et rappelle-toi qu'il n'y en a aucune autre de possible, il n'y a aucun monde possible dans lequel tu me regardes en disant enfin, enfin, aucun autre, la seconde, tu me regardes et je deviens cette merde incongrue posée dans ton lit, et tu vas ouvrir la bouche pour dire, je suis désolée, parce que tu restes courtoise en souvenir de notre amitié, je me suis complètement, mais complètement trompée et je ne fais même pas semblant de rire, je m'affaisse encore plus et c'est tout et voilà tout ce qui arrive au type qui croit que sa vie est entre ses mains, cette conviction absurde, le voilà coincé dans ces deux mondes, qui existent simultanément quelque part, ensemble et contradictoires, mais le monde où ça se passe autrement, celui-là, même dans l'esprit de Dieu, il n'existe pas, que Dieu soit béni, il n'existe pas, et si je trouvais la force de te dire ça, tu serais d'accord avec moi mais je ne peux pas parler et comme c'est bon de se taire !

J'ai cru que j'avais commandé du thé mais c'est un verre de whisky que rencontrent mes doigts. Anna me regarde bizarrement. J'ai dû rester silencieux trop longtemps et quand elle parle, elle, j'ai l'impression que la fièvre me consume d'un seul coup.

« Il y a trois points, dit-elle, trois sur lesquels je ne suis pas du tout d'accord avec ce que tu viens de dire. Le premier, c'est que l'ambiguïté n'est pas une merde, n'est pas un mensonge, mais quelque chose de délicieux. Le second, c'est qu'il n'est pas très honnête de bouleverser quelqu'un qu'on aime, même pendant dix minutes, en lui disant tout ce qu'on prétend ne pas vouloir lui dire. Le troisième, c'est que personne, personne, et surtout pas toi, ni surtout moi, ne peut savoir ce qui se passerait au cas où un matin comme ça se lèverait. Tu crois savoir trop de choses mais tu ne sais rien du tout. »

Si toute différence s'épuise, si parler et penser sont devenus pour moi une seule et même chose, n'ai-je pas le droit d'espérer voir venir à l'existence des mondes morts et impossibles ? Peut-être, une seconde, je le pense, dans la honte de mes pensées qui se sont faites paroles malgré moi, peut-être sans moi, mais ne puis-je pas espérer cela, ne puis-je pas tendre la main pour que le matin des métaphores ait une chance de se lever pour moi ? Je dis ce qu'il faut – je ne dis pas ce qu'il faut. Qu'on me laisse encore un peu dans l'indécision des univers. Mais quelqu'un d'inimaginable effectue la mesure et je dis : « Non, je sais, pas d'autres choses possibles » et Anna se lève et c'est comme si elle n'avait jamais été là.

Le lendemain, à neuf heures du soir, j'attends que Huguette termine son service. Elle s'est habillée pour l'occasion. Ses boots rouges me consternent mais nul n'échappe à la nécessité. Cet après-midi, Jean m'a appris que Béatrice, notre collègue, était morte. Elle nettoyait ses vitres, l'extérieur, il paraît, elle était montée sur un escabeau qu'on a retrouvé par terre sur sa terrasse et elle est tombée du haut de tous ces étages. Les gens ne l'ont même pas entendue crier ; en fait, il semblerait qu'elle n'ait pas crié du tout pendant qu'elle tombait et elle s'est juste écrasée, silencieusement, sur le sol. Ce cadavre-là, c'était, il y a une éternité, un objet de désir. Huguette quitte son tablier et me sourit. Dehors, rien n'a changé et la mort de Béatrice a laissé le monde intact. Si mes souvenirs sont bons, il existe quelque chose, mis à part le monde, qui reste absolument intact quand on lui ôte un de ses éléments. C'est un être mathématique, l'ensemble des nombres entiers, le plus petit des nombres infinis, je crois, qui ne cesse, contre toutes les vaines soustractions, de persister dans l'infini. Je sais comment la soirée se passera : je sais tout. Demain, je serai à l'Ospedale, avec Huguette. Si Béatrice n'était pas morte, c'est exactement ce que j'aurais fait aussi. On est au mois de juin et Huguette a quand même sorti une espèce de manteau de fourrure marron. Le monde persiste et rien ne l'atteindra. Béatrice glisse le long de son immeuble et blesse l'asphalte indifférent, je suis heureux et rien ne change. Cet ensemble, celui qu'on n'altère pas, s'appelle Aleph zéro.

2

COSAS SIN HACER

Vi la reliquia atroz de lo que deliciosamente habia sido Beatriz Viterbo.

JORGE LUIS BORGES, *El Aleph.*

Le vendredi 12 juin, Béatrice se réveilla comme d'habitude à six heures, juste avant que le réveil ne sonne ; malgré la chaleur qui promettait d'être écrasante, elle mit un soutien-gorge sous son chemisier de lin. Ce n'était pas une question de pudeur, ce n'était même pas à cause de son âge : Béatrice était sportive et mince ; elle avait toujours été attentive à ne pas laisser le temps abîmer son corps de manière trop catastrophique et sa poitrine avait toujours été opulente mais ferme. Les crèmes antirides, les massages tonifiants, les heures passées dans les salles de sport n'avaient fait que l'aider à conserver un peu plus longtemps une beauté qui avait d'abord été naturelle. Elle aurait pu se passer de soutien-gorge. Quand elle avait commencé sa carrière, elle avait tout de suite remarqué les regards de ses élèves du collège posés sur ses seins et elle avait parfois aimé imaginer leurs rêves d'adolescent.

Et peut-être auraient-ils pu la regarder de la même manière aujourd'hui encore. Peut-être aurait-elle pu penser qu'elle était encore un rêve d'adolescent : mais non. Le soutien-gorge était nécessaire pour maintenir la prothèse de mousse qu'elle sentait peser sur ses côtes là où s'épanouissait encore six mois auparavant son sein gauche. La mousse la faisait transpirer et, quand il faisait vraiment chaud, elle ressentait des démangeaisons qui couraient tout le long de la cicatrice. En très peu de temps, moins d'une heure, le chirurgien avait changé, plus que sa vie, la signification même de son être. Elle ne pouvait plus penser que son corps et elle ne faisaient qu'un : c'était maintenant un poids étranger, malveillant, qu'il fallait surveiller, auquel il fallait sacrifier pour qu'il dure encore un peu – ce n'était plus un corps de femme. Quand elle se douchait, elle regardait son torse dans la glace avec une sorte de fascination cynique. Le sein droit, tout rond et blanc, avec sa pointe bien dessinée et presque brune, n'était plus un organe érotique mais une relique répugnante et grotesque dont la splendeur incongrue augmentait encore le pouvoir de répulsion : un beau sein tout seul n'a plus de sens. Il devient simplement dégueulasse.

Toute chose reçoit son être et la signification de son être d'une autre chose : la chose qui dominait son corps et lui imposait son sens nouveau, c'était maintenant une cicatrice violette aux lèvres bourrelées qui s'étendait au-dessus de son cœur. Biologiquement, elle était encore une femme et c'était là le problème majeur : cette réduction brutale et sans appel, ce renvoi définitif au domaine glacé de la biologie. Avec le recul, toutes les heures qu'elle avait passées à soigner ce corps, et plus encore le succès avec lequel elle avait pu le faire, lui apparaissaient comme une ignoble plaisanterie.

Habillée, elle but du thé et prit ses médicaments. Elle arriva au lycée vers huit heures. Dans la salle des profs, elle jeta un coup d'œil machinal dans son casier et lut la photocopie punaisée au mur, sur le panneau des activités syndicales et scolaires, juste à côté des barèmes et des vieux préavis de grève. On y annonçait qu'un pot amical aurait lieu après les cours, à six heures, pour fêter le départ à la retraite de « notre collègue Béatrice » Le message concluait jovialement : « Venez nombreux lever le verre de l'amitié. » Manifestement, rien ne pouvait lui laisser croire qu'elle était haïe. Pourtant elle ne pouvait pas, au bout de trente ans de carrière, persister à ignorer que tous ces mots ne voulaient rien dire. C'était un rite – non pas que les rites fussent en eux-mêmes déplaisants ou dépourvus d'utilité, mais il fallait savoir que ce n'était qu'un rite. Et l'emploi d'un vocabulaire qui appartenait sans aucun doute au domaine de l'affectivité était précisément destiné à cacher cela. Personne n'est prêt à admettre qu'il agit par devoir et que c'est, par exemple, un devoir de prendre congé solennellement d'un collègue qui part à la retraite. Non, il fallait que ça semble spontané, *humain,* chargé d'amour. Ce mensonge – cela, c'était l'ignoble. Comme le tutoiement obligatoire entre collègues, comme la convivialité réglementaire. Quelqu'un de très jeune et de passablement stupide peut croire, lorsqu'il prend son premier poste, qu'il pénètre dans un monde amical et presque parfait. Les invitations à dîner ne se font pas attendre. Les questions intimes non plus. Et rien de tout cela n'a la moindre valeur. Peut-être la haine serait-elle préférable, après tout. N'importe quoi, après tout, serait préférable à ce vide, à ce froid orné de grandiloquences et d'hyperboles. Ainsi, punaisé au panneau syndical, le mot magnifique d'amitié se chargeait d'une résonance à la fois pitoyable et ridicule et il exhalait l'inoubliable parfum délétère d'un cadavre.

Béatrice prit un thé au distributeur automatique de boissons. Elle se concentra pour éprouver quelque chose : ce geste banal, elle ne pourrait plus le faire. Est-ce qu'il en acquérait un poids, un sens nouveau ? Non, pas encore. La semaine prochaine, peut-être, elle y penserait avec émotion mais, pour le moment, il était encore tout imprégné de quotidien et d'habitude et elle ne parvenait pas à l'accomplir avec nostalgie. C'était sans doute que son départ à la retraite ne lui semblait pas encore réel. Comme nous sommes toujours en retard du réel ! pensa-t-elle. Et elle enfonça ses doigts dans la mousse chaude de sa prothèse.

Emploi du temps du vendredi : seconde rouge, seconde jaune. Deux heures de pause avant le déjeuner. L'administration identifiait les classes par des couleurs depuis déjà cinq ans. Sans doute avait-on jugé en haut lieu que les chiffres avaient quelque chose de trop froid et de scolaire. Surtout, l'école ne doit pas avoir l'air scolaire. Encore une répugnante saloperie. L'après-midi : deux heures de cours avec les terminales littéraires. Fin de la journée. Fin de sa vie professionnelle. Non, tout serait fini après le pot d'adieu seulement.

Comme la salle des professeurs commençait à se remplir, elle échangea quelques mots avec des collègues et se dirigea vers la salle de cours dès que la sonnerie retentit. Tout se passa normalement. Elle parvint même à trouver le temps long et à s'ennuyer. L'enseignement des langues reste pénible au moins jusqu'en première. C'est de la cuisine. C'est absolument chiant. Pour tout le monde. S'il devait y avoir un serrement de cœur aujourd'hui, ce ne serait qu'avec les terminales.

Après dix ans passés au collège, Béatrice avait été nommée au lycée à trente-trois ans. C'était comme changer de métier. On pouvait espérer parler de littérature. *¿Que hace el niño en la foto?* Et toutes ces conneries, tenter de leur faire prononcer correctement *la jota*, c'était fini. Et comme elle venait de divorcer à l'époque, c'était comme changer de vie. Elle repensait à son enthousiasme, à sa vitalité ; beaucoup de sport, beaucoup de préparation de cours, beaucoup de poésie et de lectures, beaucoup de sexe – l'époque de gloire et de glorification de son être tout entier. L'époque de l'harmonie miraculeuse entre le corps et l'esprit. L'époque bénie des illusions. La vie. Tout cela ne dure pas très longtemps. Avec le temps, et même très vite, la littérature perd de sa force superbe et déchoit d'être ainsi décortiquée tous les jours du haut d'un bureau et se désagrège d'être offerte à des gens qui ne veulent pas d'elle et ne se rendent même pas compte de leur bassesse. Non, c'était un mensonge : les élèves n'y étaient pour rien. C'était la pratique professionnelle, les fiches pédagogiques, la loi implacable de l'habitude qui l'avait changée, elle, en automate, en technicienne, en pauvre conne, finalement, elle ne pouvait plus se le cacher. Comment s'émerveiller tous les jours pendant vingt ans devant García Lorca, comment sentir encore, lorsqu'il ne s'agissait plus que de préparer un examen ? L'erreur était simple et définitive : la poésie n'avait rien à voir ni avec la compétence ni avec aucune sorte d'enseignement.

Pourtant, pensait-elle, il dut y avoir une époque où les choses se passaient différemment. Son père n'aurait pas compris ce qu'elle ressentait et n'aurait certainement souscrit à aucune de ses analyses. Il était professeur comme elle. En apparence, du moins. Né en 1920 dans un village infect de Corse-du-Sud, il avait dû aller à l'école primaire à pied, par des sentiers de maquis, dans les aubes gelées de l'hiver, et obtenir une bourse pour finalement être reçu à l'agrégation d'italien. Ce n'était pas du tout la même chose. Son émerveillement à lui ne s'était pas tari en cinquante ans de carrière et jamais il n'aurait compris qu'une telle chose fût possible. Sans doute aurait-il interprété ça comme une ingratitude impardonnable envers la Culture qui, de temps en temps, transforme les petits paysans affamés en agrégés et ne répugne pas à leur ouvrir ses bras. Agrégation, culture, poésie – les mots étaient les mêmes mais ils ne signifiaient plus du tout la même chose. Heureusement que le pauvre vieux était mort, en somme. Ses études de Dante, qui pourrait encore les comprendre ? Elles étaient du reste rebutantes et illisibles, même si elles avaient été composées sous la seule autorité de l'amour. Il avait appelé sa fille Béatrice pour Dante, pour que l'existence de sa propre famille pût être, même faiblement et de manière indirecte, éclairée par la beauté. Ses études de langue, Béatrice les avait entreprises dans la croyance totale en la beauté. Avec l'image d'Épinal des élèves reconnaissants à leur maître de les élever vers la beauté. La réalité change toujours plus vite que les codes qui nous servent à l'interpréter et à la comprendre : et ainsi, au moment même où elle commençait ses études, ses motivations ne correspondaient plus à rien qui ne soit déjà mort depuis longtemps. Elle le comprit au bout de sa première semaine de cours. *¿ Que hace el niño en la foto ?* Et tout le reste à l'avenant. Plus personne, et spécialement pas les concepteurs de manuel, ne semblait se douter qu'une question simple pouvait être aussi une question intelligente. Ce n'était quand même pas la faute de la langue espagnole ! Ce n'était, en fait, la faute de personne.

À la récréation, la chaleur était horrible, comme prévu. Sa poitrine la démangeait. Elle alla dans les toilettes, mouilla du papier dans le lavabo et s'enferma pour rafraîchir sa cicatrice. La prothèse de mousse était posée sur la cuvette. On aurait dit un tableau surréaliste. Elle se rajusta et sortit. Que faire maintenant ? Deux heures avant le repas. Errer dans le lycée et puis manger à la cantine ? Elle décida de rentrer chez elle. Sur le chemin, elle changea d'avis.

Elle aurait le temps de rester chez elle. Elle décida de prendre un café sur le port. Il y avait déjà du monde, beaucoup de touristes ; beaucoup de femmes aux seins libres et tombants. Elle se dit encore que si elle avait pu avoir les seins libres, ils ne seraient pas tombés. Elle en éprouva de la fierté puis de la honte : était-il possible qu'elle ne pensât à elle-même que par le biais de ses seins, et donc d'attributs sexuels ? Se résumait-elle donc à ça ? Ne restait-il rien d'elle ? Par peur de la réponse, elle regagna sa voiture et, après avoir fait un tour de ville, revint au lycée, dans la salle des professeurs. Elle avait réussi à tuer à peine une demi-heure. Il était incroyable que le temps qui nous vole si vite la jeunesse et la beauté et qui nous tue pût s'écouler parfois si lentement. Il y avait là, elle le sentait, quelque chose d'horrible et de scandaleux. Elle regarda encore dans son casier, comme ça, pour rien. Elle fuma trois cigarettes coup sur coup ; but un thé ; regarda dans son casier. Et l'heure d'aller à la cantine finit, comme toutes les heures inconcevables de l'univers, par arriver.

C'était le moment quotidien du contact humain. Mais avec le temps, plus personne ne parvenait à faire semblant. Les conversations tournaient autour des seuls sujets susceptibles de réunir tout le monde. Un seul sujet, en fait. Le lycée. Cette pauvreté, c'était clair, était un constat d'échec irréfutable. Certains l'avaient compris et ne disaient plus rien. Ils mangeaient en silence. Une question cependant se posait : admis cela que la solitude est plus pénible au milieu des autres, parce qu'elle ne peut plus sembler fortuite ou conjoncturelle, pourquoi s'obstiner à manger à la cantine ? C'était vraiment mystérieux et, pour tout dire, tout à fait incompréhensible. Béatrice ne se souvenait plus exactement de l'époque où elle s'était mise à manger à la cantine tous les jours, y compris quand elle n'avait pas cours. Cela devait remonter au moment où le sentiment de liberté attaché à son divorce s'était transformé inéluctablement en un vide atroce. Manger ici, c'était entretenir des illusions ; disons, de l'espoir. L'espoir que peut-être un jour, quelqu'un finirait par parler à quelqu'un et ne se contenterait plus d'émettre des sons morts qui retombaient pesamment sur les saucisses aux lentilles et les poissons panés. Bien sûr, rien de tel ne s'était jamais produit. L'ambiance était devenue au contraire si lourde que le simple fait de prononcer le rituel « bon appétit » coûtait à chacun un effort visible. À ça aussi, elle n'en doutait pas, elle finirait pourtant par repenser avec nostalgie.

Après son opération, elle avait pris conscience de ce qui risquait d'arriver. Il lui restait sept ans à travailler. Mais sa vie pouvait très bien ne pas durer sept ans. Le scénario le plus horrible aurait été de finir ces sept années et de mourir, mettons, six mois après son départ à la retraite. Elle comprit qu'elle ne pouvait pas prendre ce genre de risque. Il lui fallait vivre le temps qu'il lui restait à vivre. Elle demanda sa mise à la retraite anticipée. En y réfléchissant, son raisonnement lui paraissait un peu spécieux. Personne ne sait quand il va mourir. Peut-être – et elle jeta un regard circulaire sur ses collègues attablés – l'un de ceux-là mourrait avant elle sans avoir eu à penser à tout ça. Et il n'y avait là qu'une quinzaine de personnes. Si l'on considérait l'échelle de la ville, alors, il était certain que quelqu'un, quelque part, maintenant insouciant et plein de vigueur, mourrait avant elle. Ainsi, le cancer lui permettait de faire un raisonnement qui est potentiellement valable pour tous. Le paradoxe était plutôt que vivre ne soit pas un problème pour tout le monde. Au fond, si elle avait pu se montrer philosophe, comme on dit, elle aurait pu penser que la maladie lui permettait d'être en contact intime avec la vérité de la mort qui est une vérité universelle. Elle n'était pas plus à plaindre que les autres mais seulement plus consciente. Non, non, tout cela était faux et dégueulasse. Les élèves s'amusaient parfois à se demander ce qu'ils feraient s'ils se savaient condamnés ; la discussion était toujours bizarrement joyeuse : on parlait de voyage, de fête, d'amour, de *vie à cent à l'heure* – conneries ! On ne peut pas vivre avec la pensée de sa mort, on doit se croire immortel, c'est une nécessité. L'alternative est simple : se croire immortel et perdre du temps, beaucoup de temps, ou se savoir mortel et être si terrorisé qu'on ne peut plus profiter d'aucun temps. C'était bien sûr une situation absurde et injustifiable : c'était comme ça. Et puis comment *vivre à cent à l'heure* à cinquante-trois ans avec un seul sein ? Lovecraft écrit qu'en toute rigueur l'homme sensé devrait souhaiter être un imbécile ou un chien : il a incontestablement raison. Elle sortit de la cantine sans finir son repas.

Après avoir pris un thé, elle fit quelque chose qu'elle n'avait jamais fait. Elle alla s'asseoir dans l'herbe, près du terrain de sport, à l'ombre d'un grand arbre. C'était normalement une attitude d'élève. Elle regretta ne pas l'avoir fait avant. Il faisait plus frais et on sentait l'été. Autour d'elle, des élèves s'embrassaient ou jouaient aux cartes en la regardant avec un peu de surprise. L'herbe chauffée embaumait l'air et elle fut saisie d'une telle envie de vivre, d'une telle joie qu'elle eut un instant du mal à respirer. La vision fugitive de sa cicatrice l'éblouit et elle retomba dans une forme de stupeur incrédule : l'herbe et son parfum, les insectes et les oiseaux et les baisers de la jeunesse étaient encore un visage du mensonge.

Elle monta dans sa salle de cours dix minutes avant la sonnerie. Elle respira profondément l'odeur de craie et de sueur. Elle posa sur le bureau un livre qu'elle sortit de son sac. Aujourd'hui, pas de notes de cours. Juste ce livre. C'était un cadeau qu'elle faisait à ses élèves de terminale pour son dernier cours. Tous les outils d'analyse littéraire qu'elle avait utilisés pendant tant d'années, tout ce qui avait transformé la littérature en jeu de patience valorisant la prouesse technique, elle les voulait loin d'elle aujourd'hui. Elle voulait faire comprendre au moins une fois dans sa vie ce qu'était un texte et ce qu'il valait. Elle voulait faire entrevoir à ces jeunes gens la somme de beauté que cache un texte ou plutôt tout ce que l'enseignement nous rend incapables de voir. Au fond, elle voulait faire le cours qui justifierait son existence professionnelle ; jusqu'à aujourd'hui, elle n'avait pas donné ce cours. Elle leur avait fait étudier des auteurs mineurs à la prose irréprochable, elle avait récité des interprétations ineptes de poèmes supérieurs. *Il faut qu'ils puissent tout comprendre*, c'est ce que stipulent les instructions pédagogiques et, bien sûr, cette recherche abjecte de la facilité rendait précisément impossible une quelconque compréhension. Midas mourait de transformer tout ce qu'il touchait en or et le monde de Béatrice mourait du maléfice inverse qui est de transformer tout ce qu'il touche en merde. Béatrice souhaitait que cette mort ait la lenteur des pires agonies.

Les élèves entrèrent en cours. Ils savaient que c'était le dernier pour Béatrice. Ils lui souriaient gentiment. Elle se sentit émue pour la première fois de la journée et pour la première fois de la journée elle pensa qu'elle allait perdre quelque chose. Elle leur dit qu'aujourd'hui ils allaient prendre congé et que, pour le faire, elle avait choisi un texte de Jorge Luis Borges tiré de sa nouvelle « L'Aleph ». Elle leur en fit un bref résumé et expliqua ce qu'était l'Aleph : un point de l'univers à partir duquel on peut voir tout l'univers et cet Aleph se trouve sous l'escalier de la cave, dans une maison de Buenos Aires et Borges raconte ce qu'il y voit. Ainsi, le texte proposé tentait une impossible description exhaustive de l'univers. Elle ajouta inutilement que c'était somptueux. Au cours de la première heure, elle éclaircit les difficultés de vocabulaire ; elle ne voulait pas que la lecture soit freinée et perturbée par des commentaires. Elle leur accorda une pause puis elle lut.

Empieza, aquí, mi desperación de escritor
– Ici commence mon désespoir d'écrivain.

Elle lisait avec assurance. Une mèche de cheveux lui tombait sur la joue. Elle ne pensait plus à rien d'autre qu'à sa lecture. Dans la salle, personne ne disait rien et elle pouvait entendre les mots de Borges auxquels sa voix donnait vie à nouveau dans le silence. Elle arriva au premier passage qu'elle redoutait.

> ... *vi en Inverness una mujer que no olvidaré, vi la violenta cabellera, el altivo cuerpo, vi un cáncer en el pecho, ...*

Il était si tentant et si facile de se reconnaître dans cette femme inoubliable avec son cancer à la poitrine et elle le fit avec délices comme si son corps mutilé et réel était un moment sanctifié par la grâce de la fiction et rayonnait d'une incompréhensible beauté et, s'identifiant avec force et une violence qui devenait palpable dans sa voix, Béatrice réussit ce miracle de s'échapper un instant de la prison de son corps aux cellules anarchiques et à saisir le monde entier dans ce regard extatique de l'Un qui doit être celui de la divinité même. Elle lut encore. Elle allait arriver à la phrase magnifique, à la phrase que tant de fois elle avait lue et aimée, sans savoir que cette phrase serait un jour écrite pour elle seule, la phrase qui lui avait fait comprendre comment l'aridité lumineuse et pure de l'intelligence peut se *sentir* :

> *Vi la reliquia atroz de lo que deliciosamente había sido Beatriz Viterbo.*

Elle la lut comme la justification de sa vie. À cause de cette phrase, Béatrice avait renoncé à la dangereuse tentation qui guette toute personne raisonnablement lettrée, la tentation d'écrire. Elle avait trouvé là quelque chose de plus beau, de plus intime et de plus universel que tout ce qui, elle le savait, aurait jamais pu naître de sa plume. Tout ce qui la concernait, elle, comme individu unique, quelqu'un d'autre, qui ne la connaissait pas, l'avait déjà écrit. Tout ce qu'elle pourrait dire de plus ne serait qu'un bavardage écœurant, une souillure, et cette communion miraculeuse, impensable, lui faisait encore croire, de temps en temps, que l'humanité battait peut-être d'un seul cœur. Elle acheva.

> ... *mis ojos habían visto ese objecto secreto y conjetural, cuyo nombre usurpan los hombres, pero que ningún hombre ha mirado : el inconcebible universo.*

Elle attendit quelques secondes avant de regarder les élèves. Elle se plaisait à penser qu'elle leur avait fait un cadeau secret, davantage qu'une confidence et que nul d'entre eux ne le saurait jamais. Elle savoura à l'avance la profondeur de ce qu'elle aurait maintenant à dire et leva les yeux. Elle comprit que rien ne s'était passé. La plupart des élèves regardaient par la fenêtre. Au fond de la classe, deux garçons se faisaient passer une feuille : une bataille navale ou un jeu quelconque. Une fille regardait sa montre. L'univers se fragmenta et elle retomba dans sa solitude individuelle. Elle sentit sa main qui cherchait sur le bureau à la place où elle posait habituellement ses notes et qui cette fois était vide. Elle ouvrit la bouche pour commencer son commentaire et ne trouva rien à dire. Puis lui vinrent à l'esprit les remarques stylistiques anciennes dont son esprit s'était imprégné avec tant de vigueur qu'il s'y raccrochait comme à une bouée et ne savait plus rien faire d'autre. « J'ai un cancer et je vais mourir et je remercie Borges » étaient les seuls mots qui méritaient d'être dits et ces mots ne pouvaient pas être dits. Elle songea que peut-être il n'existait aucune bonne manière de communiquer la beauté, seulement de mauvaises manières, et vaines, et qu'elle avait fini sa carrière sur une erreur de jeune fille. Elle leur dit qu'ils pouvaient partir. Il restait trois quarts d'heure de cours. Elle les regarda ranger leurs affaires, sortir, écouta le bruit de la porte que le dernier élève refermait derrière lui et fut submergée par une tristesse horrible qu'elle ne comprit d'abord pas. Puis elle sut : ils ne lui avaient pas dit au revoir, pas offert de fleurs, pas dit merci, rien. Si elle n'avait pas eu à penser qu'ils le feraient, c'était parce qu'elle était au fond convaincu que ça allait de soi. Elle comprit qu'elle avait cru à leur affection et, devant l'absence d'affection, elle comprit combien elle y avait cru. Elle pleura quelques instants. Cela non plus, ça ne marchait pas bien. Elle resta seule dans la salle, attendit la sonnerie réglementaire, ferma la porte à clé et rentra chez elle se préparer pour le pot d'adieu.

Sur son répondeur, elle entendit un message de son ex-mari. Il parlait gentiment, avec une sorte de compassion, et lui souhaitait bon courage pour sa dernière journée de travail. Il tentait d'être drôle et détaché. Et puis il concluait en lui rappelant qu'il était là, pour tout ce dont elle pourrait avoir besoin. À l'évidence, c'était le premier événement humain de la journée. Sans doute le dernier aussi.

Elle alla prendre une douche. La gentillesse de son mari l'accablait. Elle y voyait comme un reproche. Si elle n'avait pas divorcé, elle ne serait pas seule aujourd'hui et l'avenir aurait un autre visage. Bien sûr, mais quoi ? Doit-on rester avec un homme qu'on n'aime plus pour éviter une hypothétique solitude ? Comment avoir la force de penser à trente ans que la solitude n'est pas une hypothèse mais une nécessité absolue ? Elle se souvenait qu'à l'époque, elle ne pouvait plus le supporter du tout, que la seule présence de cet homme était un fardeau, un obstacle, un poison qui avortait son existence à elle d'une infinité de possibles miraculeux ; certes, ces possibles, il fallait maintenant en convenir, ne s'étaient jamais réalisés – mais comment l'aurait-elle su ? Elle était courtisée, entourée, et elle était alors certaine que vivant seule, elle le serait encore davantage. N'y avait-il pas un moment de bonheur que son divorce lui avait permis de vivre ? Oui, il y en avait un. Au cours de sa première année d'enseignement en lycée, elle avait eu une aventure avec un de ses élèves de première. C'était un garçon timide et doué, qui aimait la poésie et qui l'idolâtrait, elle s'en rendit compte très vite. À la fin de chaque heure de cours, il restait avec elle sous prétexte de lui poser des questions sur des points de grammaire ou pour lui faire part de ses lectures ou lui demander des conseils. Dès qu'il était seul dans la salle avec elle, il rougissait, baissait les yeux, respirait mal. Elle avait fini par prendre plaisir à lui offrir des croisements de jambes et des échancrures osées. Elle pensait s'en amuser. Elle ne se voyait pas du tout comme une femme perverse car c'était le temps de l'innocence. Elle était finalement aussi innocente que lui. Petit à petit, elle comprit que ce garçon la troublait, avec ses timidités et ses grâces. Mais Béatrice était suffisamment intelligente pour soupçonner qu'il voyait en elle un idéal inaccessible et pas du tout la femme qu'elle était vraiment. Mais pourquoi lui refuser, finalement, d'accéder à son idéal ? Plus le temps passait et moins elle voyait de raisons à ce refus ; surtout, elle ne décelait pas la présence impérieuse de son propre désir au cœur de ses hésitations. Juste avant les vacances de Noël, il lui donna une série de poèmes qu'il avait écrits en français et en espagnol. Il voulait savoir ce qu'elle en pensait. Elle lui dit – et elle aussi rougit et respira difficilement en le disant – de lui laisser ses poèmes et de venir la voir chez elle pendant les vacances pour en discuter. Quand il arriva chez elle, elle lui fit du café et ils parlèrent. Au bout d'une heure, elle comprit qu'il ne se passerait rien si elle ne prenait pas d'initiative. Elle se leva et lui caressa la joue. Il posa la main sur son sein gauche, sans la regarder.

Au cours des semaines qui suivirent, abandonnée à ce qu'elle découvrait être une passion, elle connut des moments de bonheur. Chaque jour, à mesure qu'il prenait de l'assurance, le plaisir était plus fort et plus surprenant. Mais le garçon n'abandonnait ni sa pudeur, ni sa timidité. Quand il se levait du lit, il s'enveloppait dans un drap. Au bout de dix ans de mariage, le mari de Béatrice avait perdu toute sa pudeur et il se promenait nu dans l'appartement sans avoir honte de son ventre qui commençait à pendre, de ses fesses molles ou de ses couilles, et Béatrice le haïssait pour sa candeur.

Aujourd'hui, elle n'avait plus de nouvelles du garçon et son mari l'appelait presque tous les jours. Dans le monde de Béatrice, les relations amoureuses doivent impérativement être vécues sous l'autorité de la passion et comme la principale caractéristique de la passion persiste à être la versatilité, dans le monde de Béatrice, chacun finit inéluctablement par se retrouver seul. Au bout de trois mois, le garçon ne baissait plus les yeux et respirait parfaitement, il ne venait plus chez elle à l'improviste, ne lui faisait plus l'amour dans la cuisine, et au bout de six mois, il avait disparu de sa vie. Comme il fallait s'y attendre, ce fut Béatrice qui souffrit ; lui avait gagné un souvenir gratifiant. On ne peut pas offrir un idéal, on ne peut que s'offrir soi-même, avec sa chair, ses splendeurs et sa merde. Aux yeux de celui qui cherche un idéal, on ne peut que déchoir. Béatrice ne l'oublia pas mais, très vite, cet enseignement ne lui servit plus à rien : les hommes qui voyaient en elle un idéal se faisaient de plus en plus rares.

À six heures, elle arriva au lycée. Une salle de classe avait été préparée. Il y avait des petits fours, du champagne et le proviseur. Elle remarqua tout de suite que seuls les collègues qui travaillaient le vendredi étaient présents. Évidemment. Tout le monde arborait des sourires grimaçants. Le proviseur fit un discours : ce connard entendait résumer la vie de Béatrice en quelques mots émaillés de calembours consternants. Il parla trois minutes. Béatrice comprit que c'était finalement bien suffisant pour résumer sa vie. À six heures dix, un professeur arriva en s'excusant de son retard. Lui ne travaillait pas le vendredi. Elle en fut touchée. C'était un tout jeune homme, vingt-cinq ou vingt-six ans peut-être, avec un visage triste et l'air constamment troublé, comme s'il avait fait quelque chose de mal. Encore un névrosé, à l'évidence. Il fit la bise à Béatrice. Elle imagina que peut-être elle aurait pu toucher une dernière fois le corps d'un homme jeune ; elle était certaine qu'elle lui plaisait. L'année précédente, ils avaient fait ensemble un voyage scolaire à Madrid et elle était certaine qu'elle lui plaisait. Mais l'année précédente, Béatrice avait encore ses deux seins et elle n'avait pas saisi l'occasion. Maintenant, c'était trop tard. Il suffirait sans doute de l'inviter à dîner pour qu'il se passe quelque chose mais après elle ne pourrait pas se déshabiller devant lui. Elle ne pourrait, en fait, plus se déshabiller devant personne, malgré son corps encore jeune et plein d'appétits, malgré tout ce qui lui restait encore à donner. Elle attendit qu'on lui remît son cadeau et prétexta une migraine pour pouvoir s'en aller. Le professeur la raccompagna jusqu'à sa voiture. C'était fini.

Une fois chez elle, elle ne sut pas quoi faire. Maintenant, il y avait dans son esprit le sentiment paradoxal d'un temps dont il fallait absolument profiter et qu'il était par ailleurs impossible de remplir.

Chacun pense, depuis peu d'ailleurs, que la retraite est le temps des loisirs, celui de la vraie vie, celui où l'on se retrouve. Et c'était bien cet *a priori* qui avait poussé Béatrice à prendre sa retraite. Maintenant que c'était fait, il fallait passer à l'épreuve de la réalité.

Le village de Corse-du-Sud d'où elle était originaire n'était plus un village infect. C'était un lieu touristique maintenant. La maison familiale avait été rénovée et modernisée. Elle pourrait s'y retirer. Mais l'hiver ? Que faire pendant l'hiver, quand les touristes ne sont pas là ? Voyager ? Elle pourrait louer son appartement en ville et avoir suffisamment d'argent pour voyager. Elle s'imagina en train de faire le tour du monde dans des voyages organisés pour *seniors* – puisque c'était maintenant le terme par lequel on désignait les vieux – et elle ne put le supporter. Elle en avait vu tous les ans de ces groupes de vieux en voyage. Elle se souvenait bien de leur joie ostentatoire et misérablement fausse, de leur allure répugnante, de leurs plaisanteries ineptes, de leur odeur, aussi. C'était insupportable. En groupe, les vieux deviennent graveleux et salaces et le Viagra n'avait rien fait pour arranger ça. Leur obsession sexuelle atteint un niveau presque incroyable. Elle rit en pensant que peut-être c'était sa dernière chance de tirer un coup, sans doute avec un rescapé de la prostate qui ne ferait pas la fine bouche devant sa cicatrice : elle le refusait absolument.

Alors quoi ? Les livres ? Les centaines de livres qu'elle avait accumulés et aimés tout au long de sa vie étaient là sous ses yeux et elle se surprenait à les regarder avec indifférence. Si la vie cessait, qui les nourrirait et qu'auraient-ils à nourrir ? Enfermé avec des livres, sans pont vers l'extérieur, qui lirait encore ?

Elle avait bien, croyait-elle se rappeler, un frère et une sœur, sur le continent. Il devrait être possible de renouer des contacts. Mais le désirait-elle ? Non. Ces êtres étaient devenus peu à peu des étrangers, maintenant que le mot de famille ne signifiait plus rien pour personne. Et que faire avec un étranger dans des endroits aussi infâmes que Charenton ou Dreux ? Mieux valait oublier ça.

Soudain, son regard se posa sur un vase rempli d'eau fraîche. Elle se souvint que c'était elle qui l'avait installé la veille sur la table basse du salon. C'était pour y mettre les fleurs que, croyait-elle, ses élèves lui offriraient aujourd'hui. Elle avait fait ce geste sans y penser. Une gifle énorme et fulgurante la propulsa dans sa salle de classe et elle s'entendit lire – *Vi la reliquia atroz de lo que deliciosamente habia sido Beatriz Viterbo* – mais personne ne l'écoutait et la phrase de Borges, coupée de toute possibilité de partage, se révélait dans son horreur, elle vit son corps décomposé, elle accueillit la pensée de la mort et la comprit et en saisit la réalité insupportable, et elle chercha dans les contours diffus de sa charogne les reliques de sa délicieuse et éphémère beauté, aujourd'hui inutile et cynique, et elle trembla de peur et de refus. Elle comprit que, tôt ou tard, un matin, elle se réveillerait avec une migraine persistante ou une douleur dans les os ou mal au ventre et que ce serait le signe des métastases, du pourrissement prématuré de son corps, c'était inévitable, et elle mourrait de cette saloperie, sans cheveux, après qu'on lui aurait inutilement enlevé d'autres organes, pour finalement en arriver à la même charogne, et elle ne put le supporter.

Elle avait suffisamment de somnifères pour mourir vite, de la manière qu'elle aurait choisie elle. Elle alla les prendre dans la salle de bain. Pourquoi attendre la mort alors qu'il ne lui restait plus rien à faire de valable dans la vie. Elle disposa les cachets devant elle et songea que c'était une erreur d'avoir pris sa retraite. Elle aurait pu continuer à avoir une raison de se lever le matin, même si c'était une mauvaise raison, pour faire quelque chose qu'elle faisait mal et qui ne pouvait pas être fait autrement. Mais vivre comme ça était impossible.

Pourquoi, impossible ? pensa-t-elle. Pourquoi va-t-il de soi que la mort est préférable à une vie mutilée ? C'était encore un préjugé du monde de Béatrice mais qu'y pouvait-elle, en quoi était-elle coupable de partager les préjugés de ce monde qu'elle n'avait pas choisi ? C'était son monde. Personne ne nous y apprend combien la vie humaine est pauvre en possibilités ni combien peu de choix suffisent à transformer nos vies en cendres. Combien de choix importants dans la vie de Béatrice ? Un ou deux peut-être. Son divorce, à coup sûr. Et puis quoi ? Un seul choix qui ouvre le chemin inéluctable de la solitude et après, il suffit de se laisser aller. Et toute initiative est essentiellement ridicule. Maintenant, il semblait qu'elle venait de faire un autre choix : celui de sa mort, conforme à l'idéologie hédoniste de son monde. Finalement, ce n'était même pas un vrai choix mais la stricte conséquence de cette idéologie. Elle rangea les cachets.

Elle avait voulu être un individu. Elle l'était. Personne ne nous apprend que l'individualité est le nom courtois de la solitude. Elle regarda encore ses livres. Quand elle serait morte, elle ne savait même pas à qui ils reviendraient. Personne ne les aimerait après elle. Sa sœur les vendrait. Sa mort serait définitive et ne laisserait pas d'autre trace que celle, éphémère, de son cadavre. Rien ne se transmet plus, si bien que la mort est maintenant à la fois définitive et sans conséquence. Béatrice effacée de l'Univers, l'Univers demeurerait inchangé. *El inconcebible universo*. Tout cela ne méritait pas une larme.

Elle se prépara du thé et s'apprêta à commencer le dénouement de sa vie. Elle souhaitait que ce fût morne et paisible. Elle souhaitait qu'on la laissât en paix. Que d'autres s'agitent à sa place et parlent et pensent. Qu'une autre voix prenne maintenant le relais de la sienne. Et nous, conformément à ce souhait qu'il nous faut respecter, nous lui adressons un signe d'amitié et la bénissons avant de la laisser achever son chemin de solitude.

3

VIE ET PEUPLEMENT DU DÉSERT

*On ne délire pas sur son père et sa mère,
on délire sur le monde entier, on délire sur
l'histoire, la géographie, les tribus, les déserts,
les climats...*

GILLES DELEUZE, *D comme Désir.*

Oui, il y a toujours une voix qui persiste et pourtant
ma vie s'est miraculeusement transformée en désert.
Je ne sais pas quand c'est arrivé, ni comment, je ne
sais pas si je dois chercher un responsable ou si ce
serait là une entreprise ridicule, je sais que tout cela
ne m'intéresse pas, je sais que dans le désert, si vide
qu'il puisse paraître, il y a des peuples qui voyagent
et qui rampent, autant de peuples et autant de vie
que dans les plus grandes cités, et je sais que je suis
heureux. Si je parviens à me souvenir de celui que
j'étais, je revois une multitude de visages et d'activités, encore bien plus de paroles, beaucoup d'agitation, en somme, des choses que je ne peux pas
compter et qui se sont détournées insensiblement,
l'une après l'autre, de moins en moins de visages,
jusqu'à ce qu'il ne reste que celui d'Anna, de moins

en moins d'activités, de moins en moins de paroles ou plutôt de moins en moins de sens et je n'ai pourtant rien réussi à perdre.

Il me semble que la chose la plus récente à laquelle j'aie renoncé – ou, pour être plus exact, qui se soit éloignée de moi, parce qu'à la vérité je n'ai jamais été actif, dans toute cette histoire – c'est le plaisir sexuel. Je dois avouer que ce fut pour moi un soulagement presque incroyable. Sans doute, je l'ai bien compris maintenant, depuis mon adolescence, j'avais montré comme tous les autres un grand intérêt pour le plaisir sexuel, j'avais moi aussi agi comme si c'était un but valable, qui justifiait bien la somme incroyable d'énergie que nous lui sacrifions. D'ailleurs, mes souvenirs sont formels sur ce point, quoique j'aie du mal à y croire tout à fait : moi aussi, je me suis branlé – avec une certaine frénésie. Je me revois sur mon lit, le bas-ventre gluant, terrorisé à l'idée que mes parents puissent me surprendre, abruti par la honte et incapable de la moindre pensée digne de ce nom : oui, c'est bien *moi* ce garçon – mais là encore, je ne comprends pas bien le sens d'une telle affirmation. Peut-on se branler par habitude ? Par mimétisme ? Par pure bêtise ? J'ai bien peur que oui. Et finalement, les femmes, c'est exactement la même chose. Il faudrait que je tente un parallèle, même si c'est une chose qui ne marche jamais, les parallèles, ça finit par se croiser et ça ne veut plus rien dire. J'ai quatorze ans, je suis horriblement laid et je le sais bien, je m'allonge sur le lit et, tout en louchant vers la porte de ma chambre sur laquelle mon salaud de père a refusé d'installer un verrou dans le but évident de me surprendre en train de m'astiquer, le cœur battant, les intestins en révolte, horriblement conscient du ridicule de la situation, je baisse mon pantalon sur les genoux et je m'empoigne, je pense à une de mes profs du collège, une qui a des gros seins ou pire, j'imagine la vieille femme de ménage boiteuse qui vient faire le ménage à la maison tous les mercredis en train de relever sa jupe à fleurs mauves devant moi, et je me mets à transpirer et je ne quitte pas la porte des yeux et cette cérémonie pitoyable s'achève par quelques spasmes producteurs d'un liquide immonde dont l'émission me laisse hébété et, si c'est possible, encore plus laid qu'avant. Mon Dieu, quelle dérision! Et pourquoi tout cela? Par perversité? Par concupiscence? Par *désir*? Non, certainement non! C'est par conformisme, pour pouvoir parler de ma queue dans la cour de récré, pour être moins seul. Évidemment que ça ne marche pas mais ça, j'ai quatorze ans et je ne peux pas le comprendre encore.

Avec les femmes, l'hébétude demeure, c'est un fait avéré. Chez elles aussi d'ailleurs mais je pense qu'un sentimentalisme effréné et l'habitude millénaire du mensonge imposé les empêchent de le montrer clairement. Pourtant, ça ne devrait pas être pareil du tout, et je sens que les parallèles commencent à se rejoindre un peu, non, ça ne devrait pas. C'est ce qui rend les choses encore pires, cette illusion de la différence ; on y croit, on se démène, on parle beaucoup et tout ça pour quoi... Après quelques minutes de mouvements compulsifs, la même émission, encore plus triste, peut-être. Tout se passe comme si on parcourait un chemin indiciblement beau, foisonnant de vie et de couleurs, avec des formes qu'on ne connaissait pas et qui mériteraient l'hommage d'une contemplation fervente, avec des climats nouveaux, un beau chemin abrupt et si plein de promesses qu'on le monte en courant à toute vitesse jusqu'à déboucher sur un paysage d'une indigence incroyable, si grotesque qu'elle en devient révoltante, un point de vue d'une banalité à couper le souffle, pour lequel on a raté toute la beauté du monde sans aucune chance de la retrouver un jour. Tout le monde court sur ce chemin dans le même but absurde ; dès la deuxième fois, celui qui se hisse vers l'orgasme n'a plus d'excuse. Mais ce n'est pas du tout facile d'y renoncer, il y a l'exigence de l'organe, l'amour-propre et la règle, et tout ça. Il faut de la chance, il faut que ce soit donné.

Je devrais remercier Huguette. L'autre soir, quand elle m'a accompagné chez moi après le restaurant, je n'avais pas envie de lui dire merci. Je me disais qu'Anna aussi venait de disparaître, et je constatais que, une fois encore, la vie persistait à grouiller derrière cette disparition. Nous n'avons aucune chance de rétrécir le monde. Je marchais avec Huguette derrière moi, en me sentant terriblement vivant et assommé de ferveur aveugle mais sans la moindre envie de la remercier. Je sentais que toute cette force obscure qui agitait mes tripes ne visait précisément pas à atteindre ce but qui s'appelait Huguette, qu'elle ignorait tout but et toute envie et que c'était uniquement par habitude que je faisais encore comme si toute force visait un but. À moins que ce qui m'ait poussé ait été simplement la crainte de ne plus pouvoir rien dire à personne si je n'avais pas au moins l'histoire d'Huguette à raconter. Ainsi ce n'était pas du tout une vraie femme qui trottinait derrière moi mais simplement le personnage indispensable d'un récit futur. Peut-être ne valait-elle pas tant après tout, ni moi non plus.

Quand nous sommes arrivés dans mon studio, j'ai tout de suite compris qu'il allait se passer quelque chose d'inhabituel. Je n'ai plus tellement envie de jouer la comédie alors je l'ai tout de suite prise par la main et fait monter dans la mezzanine. Et puis je me suis résigné à l'embrasser et à la caresser. Elle s'est déshabillée tout de suite mais en me lançant des regards étranges, tout à fait dépourvus de tendresse, et elle a sucé mes lèvres méchamment avant d'y enfoncer ses dents de toutes ses forces. Une douleur vive et colorée du parfum de mon sang a commencé à flotter dans la mezzanine tandis que moi je m'étais déjà réfugié près de la fenêtre, collé au plafond, en regardant de loin ma bouche blessée et la sérénité de mon sourire. J'ai vu qu'elle me déshabillait violemment et me repoussait alors que j'essayais de m'atteler à l'indispensable tâche des préliminaires amoureux. Elle a serré ma gorge et léché mon sang et dit d'une voix à peine humaine : « Sois un homme pour une fois espèce de sale petit merdeux » avec enfin au fond de son rugissement la présence palpable de l'excitation. Je regardais tout ça, Dieu soit loué, car si j'avais eu à le vivre, je me connais, j'aurais été terrorisé, d'être coincé avec une cinglée pareille. Sans trop comprendre ce qui se passait, lui, dans la mezzanine, a tenté de la caresser encore mais elle lui a balancé une gifle monumentale en le traitant de petite fiote et en lui serrant la gorge si fort qu'elle m'a forcé à réintégrer ce corps douloureux et à sentir enfin que toute cette douleur perdue était la mienne. Ma main a glissé entre ses jambes qui étaient quasiment trempées jusqu'à mi-cuisse et j'ai compris ce qu'elle voulait et je suis rentré en elle sans douceur. Elle a griffé ma nuque et j'ai commencé à prendre le chemin sans hâte, tous mes sens si aiguisés que chacun de mes nerfs me brûlait, l'esprit pur et attentif, tandis que mon poing s'écrasait sur son nez. C'était lent et beau. Elle a poussé un cri magnifique et râlé « encore ! », ce qui fait que j'y suis carrément allé d'un coup de tête tout en ralentissant le mouvement de mes reins. Elle a fait « Non ! Fort ! Fort ! » et la pureté de la haine m'a coupé le souffle. Je l'ai retournée en lui cognant le bras contre la rambarde. J'ai poussé à fond, dans son cul, comme ça, si fort que je me suis fait mal aussi et j'ai rempli son cri, et puis écorché ses fesses de la main gauche tandis que ma main droite lui arrachait les cheveux, je lui ai enfoncé la tête dans l'oreiller mais pas assez pour étouffer ses rugissements, des orages inconnus, des nouveaux climats et une telle lucidité, Seigneur ! Et puis elle a joui mais pas moi, et je savais que ce serait fini pour toujours, et j'ai bien senti que quelque chose se passait dans mon bas-ventre mais ce n'était rien, une excrétion, une simple perte, plus rien de concret, juste moi, à genoux, les bras en croix avec des cheveux dans les mains et les phalanges écorchées, trempé de sueur et de sang, offert en martyr de l'extase. Bien sûr, elle a bien dit quelques niaiseries sentimentales un peu plus tard mais rien ne pouvait plus m'atteindre. Dans les jours qui ont suivi, elle a dû prendre un congé de maladie parce que sa gueule ne lui permettait plus de se montrer au bar et que j'ai fini par lui casser un doigt. Elle me remerciait de ce que je lui donnais mais, honnêtement, c'est moi qui aurais dû la remercier.

En 1921, Bertrand Russel écrit dans son *Introduction à la philosophie mathématique* : « Alors que l'addition et la multiplication des cardinaux infinis sont toujours possibles, la soustraction comme la division ne donnent pas de résultats bien définis : ces opérations ne peuvent donc être utilisées comme en arithmétique élémentaire. Regardons pour commencer la soustraction : tant que le nombre soustrait est fini, tout va bien ; l'autre nombre, celui qui est réflexif, demeure identique. Ainsi

$$\aleph_0 - n = \aleph_0$$

si n est fini ; jusque-là, donc, la soustraction donne un résultat bien défini. »

Cela doit nous suffire. On ne peut pas ôter l'infini d'une vie humaine, seulement un nombre fini d'éléments, aussi important soit-il, et donc le reste ne nous concerne pas, nous pouvons l'abandonner à la divinité pâle des mathématiques avec tous les autres Aleph. Il nous suffit de nous rappeler qu'aucune soustraction ne rétrécit l'infini. À l'échelle humaine, Aleph zéro est immuable et rien ne l'altérera. Il est difficile de comprendre à quel point nous sommes en contact concret avec l'infini. J'en ai pris conscience – et cette date doit peut-être marquer le commencement de ma période de grâce – il y a quelques mois pendant que je surveillais mes élèves qui faisaient une dissertation. Comme tout événement essentiel, celui-ci survint dans le silence et ne s'imposa pas tout de suite à ma conscience. Tout ce qui se passait en moi à cette époque, c'était juste une difficulté vague à me concentrer, un sentiment de flottement bizarre et une certaine propension au silence, mais c'est tout. Je faisais les cent pas dans la salle de classe. La veille, j'avais passé deux heures assez pénible à l'Ospedale et je faisais en sorte de ne pas trop y penser. Je regardais les élèves et l'un d'entre eux a fini par attirer mon attention. Il essayait d'effacer quelque chose sur son brouillon avec une gomme dont l'extrémité curieusement déchiquetée rendait l'usage difficile. Il s'en aperçut et sortit un cutter de sa trousse. Je peux maintenant me rappeler un prénom de fille écrit au blanco d'où semblait émerger le cutter. Il posa la gomme bien à plat sur la table et commença à en couper le bout, soigneusement, avec beaucoup d'application. Quand je vis la lame s'enfoncer dans la matière tendre, je ressentis une angoisse soudaine contre laquelle je ne pus rien faire. Je sentais le fil brillant séparer proprement ma chair compacte et blanche, y introduire de l'ordre. Chaque séparation produit un monde nouveau, innombrable et cette gomme m'apparut clairement comme un univers qui me dépassait. Je demandai à l'élève d'arrêter tout de suite, ce qui sembla le surprendre. Je pense qu'il crut à une plaisanterie, jusqu'à ce que je répète mon ordre sur un ton sans équivoque. Il me regarda en hochant la tête. J'eus le désir immédiat et bref de me faire remplacer et d'aller me trancher la carotide. Un instant plus tard, cette idée me fit sourire.

Oh, oui, il y a des peuples dans le désert, ils rampent et on entend leur souffle, on les entend gémir, et la sécheresse du climat abrite des dépressions tropicales, l'eau ruisselle et les insectes ruissellent aussi, il y a parfois le soir des scolopendres qui ruissellent des poutres de la mezzanine et tombent en se tordant sur le lit, ils se noient dans la sueur sans avoir eu le temps de me piquer et leurs œufs éclosent dans mes draps tandis qu'Huguette, assise sur moi, laboure ma poitrine et cogne sa tête contre les poutres que dévorent les capricornes, sans soupçonner une seconde tout ce qui vit dans mes draps et se nourrit de moi, il y a des fleurs d'Ylang et des frangipaniers qui repoussent à mesure que je les arrache de moi et qui sentent à chaque fois plus fort, si fort que plus personne ne sait dire si leur parfum est délicieux ou terrifiant, il y a des serpents et des roussettes aveugles qui volent et se cherchent, tremblantes de rut tout près du visage d'Huguette, dans l'ombre mutilée et amoureuse de ce qui demeure Béatrice, des couleurs qui m'aveuglent aussi, dans le dénuement de la mezzanine avec ses cris suspendus, il y a parfois une jambe, ou un organe, et chaque tache de sang nourrit des larves, et toutes nos sécrétions fortifient une vie abominable, une croissance inextinguible que seul le désert rend perceptible. Parfois je pleure un peu parce que tout ça est peut-être trop fort pour moi et le bonheur ressemble si fort à la douleur quand je rampe dans les nervures du bois avec les capricornes, les oreilles pleines du vacarme des mandibules qui mâchent alors qu'Huguette n'entend rien, et je ris en la regardant, en prenant son menton pour repousser sa tête contre la poutre, elle n'entend rien, elle gémit, effleure la plaie de son crâne, trace des signes sanglants sur mon front et me dit qu'elle m'aime.

Arthur Schopenhauer fut catégorique et clairvoyant sur ce point précis : la vie ne cesse pas. Le seul problème éthique auquel nous soyons confrontés, la seule question qui fasse sens est donc celle-ci : comment s'arracher à la vie, comment faire pour qu'elle cesse ? Schopenhauer était beaucoup trop intelligent pour considérer le suicide comme une réponse valable à cette question. Quiconque a vu une charogne sait bien que la vie n'en est en aucun cas absente. Plus profondément, il croyait trop peu en l'individualité pour penser qu'on pouvait réellement se supprimer ; bientôt surgit quelqu'un d'autre, qui dit « je », comme moi, et son existence répétera la mienne comme si je n'avais jamais disparu. Et c'est bien vrai : si le moi est une illusion, il est définitivement hors des atteintes du néant. Supprimer la vie passe donc nécessairement par l'étouffement de la Volonté. On reconnaît dans cette idée les influences de l'ascèse bouddhiste à laquelle Schopenhauer se réfère explicitement. Mais il demeure encore beaucoup de naïveté dans tout ça. Ne plus vouloir – c'est-à-dire ne plus désirer, ne plus aimer, ne plus s'efforcer, ne plus refuser, en fin de compte, ça ne sert à rien. Pour chaque racine de la volonté extirpée, d'autres surgissent ou révèlent une présence que nos préoccupations passées nous empêchaient de voir. C'est la nécessité d'Aleph zéro. Pas de soustraction. Quoi qu'on fasse, il faut en prendre son parti, la vie ne cesse pas. Il n'y a rien à faire. Quel rêve illusoire, que la vie cesse ! Ou cet autre encore, plus sale et tout pétrifié de faiblesse ; que la vie cesse de faire – *mal*.

Ce soir, en rejoignant Jean dans le bar, je me rends compte que s'il décidait un jour de changer de table, ou peut-être même de prendre une pose différente à la même table, je ne serais plus capable de le reconnaître. Sa bienveillance réitérée, son amitié insistante, tout ça ne suffirait pas et, même si je ne peux pas le lui dire (il va bien falloir que j'évite aussi de le penser, si je me souviens bien), Jean est avant tout le type qui occupe cette place-là dans le désert. Le reste est accessoire. De cette place coulent des paroles, comme toujours, des paroles que je n'entendais pas avant, parce qu'il y avait quelque chose qui les masquait, mais maintenant qu'il n'y a plus rien, elles s'insinuent par les chemins laissés vides et les remplissent comme si rien n'avait changé. Si Jean se taisait, si je ne revenais pas le voir, je sais que quelque chose encore prendrait le relais, une chose que je ne soupçonne pas, peut-être la poussière des tables ou les mouvements de ma propre chair. Je bois un thé. Je bois un whisky.

« … pas me dire après ça que Dieu existe ou me faire chier avec des conneries sur la justice immanente, c'est tout bonnement inexplicable, regarde-toi et puis, sans te vexer, regarde-moi, sans déconner, tu peux comprendre ça, hein? Belle gueule, enfin pas mal, il y a pire, et même bien pire, je te prie de noter le bleu des yeux, pas un pouce de graisse, mec, touche mon bras, juste pour voir, début de calvitie, OK, d'accord, je dis : *d'accord,* mais léger, sans compter la nette connotation de virilité qui s'attache à la calvitie, T-shirt Boss, caleçon en soie, crois-moi sur parole, et maintenant, toi, enfin toi tel que tu es maintenant, depuis quelque temps, une gueule pas possible, comme si tu dormais plus depuis un an, du mou dans le menton, une barbe… mais vraiment, pour l'amour du ciel, rase-toi, une barbe dégueulasse, mec, je trouve même pas la couleur, des fringues, mais là, je suis même muet, figure-toi, pourquoi un vert pareil, ça, ça dépasse complètement l'entendement, et puis tu sais quoi? sans te vexer, par pure amitié, depuis un moment, en plus de tout, tu as vraiment l'air con, c'est pas croyable de ce que tu as l'air con, je ne sais pas si tu t'en es rendu compte maïs, au lycée, à la fin de l'année, ça jasait, il y avait des soupçons, de la réunion dans l'air, des murmures, très soupçonneux mêmes, comme quoi tu étais pas à ta place peut-être, qu'il y aurait eu du danger à te laisser en face des élèves, et tu as eu la chance que l'année se termine, crois-moi, j'en étais même gêné pour toi, sans compter que fatalement, moi aussi, on finissait par me regarder de travers, à penser que ça devait bien vouloir dire quelque chose qu'on se fréquente, que finalement je devais être aussi con que toi, ou presque, ou même davantage, va savoir, alors, merde, ressaisis-toi mec, un effort, c'est absolument nécessaire, et puis vas-y mollo sur le whisky, aussi, je sais pas ce qui t'arrive, dépression ? jamais de la vie ! Où est-ce qu'on a vu un dépressif baiser comme un âne débâté ? Tu me trompes pas, moi, parce que tu baises, mon salaud, et tu l'avoues, et là où je comprends plus c'est que tu baises avec une gueule pareille, où est l'explication ? Et en plus tu as une chance de cocu, tu tombes sur des déjantées, le SM, moi, je croyais que c'était une invention, j'y croyais même pas vraiment, en fait, et toi, vlan, par pur coup de cul, une connasse qui te supplie de lui éclater la tête ! Mais c'est injuste ! Je te raconte mon année, sur le plan sentimental, enfin, sur le plan cul ? Tu la connais mais tu veux que je te mette les points sur les i ? Pourquoi est-ce que tu crois que j'ai le câble, bordel de merde ! Deux nanas, en tout et pour tout, en huit mois ! Et quand je dis deux, c'est vraiment par bienveillance, parce que l'assistante d'espagnol, vraiment, elle donnait pas envie d'aller en Galicie, avec toutes les saloperies qu'on raconte sur l'Espagne, il faut qu'ils m'envoient, juste à moi, la seule hydrocéphale catholique de la péninsule ! Ouais, deux ! Et la deuxième, je l'ai baisée qu'une fois, figure-toi, oui, je t'avais un peu menti, et c'est elle qui m'a largué, mais c'était trop dur à admettre, mais j'en ai marre, sincérité totale, je dis tout, voilà : elle m'a largué par texto, je répète : par TEXTO, elle m'a envoyé un putain de texto sur mon portable. À trente ans ! Je l'ai encore ! Ça m'entretient de le lire de temps en temps, tiens, regarde : VX PLS TE VOIR, ESPC DE CNNRD – tu notes la délicatesse ? cette pute ne s'est même pas donné la peine d'écrire les mots en entier, la communication en temps réel ! Tu parles d'une saloperie ! Et toi, combien, hein ? Oh, ne me dis rien, va. Mais je vais réagir, je te le dis, c'est l'été maintenant et je compte me gaver, je te préviens, que ça te plaise ou non, déjà, ce soir, on sort, et tu vas voir si je vais te les amortir moi les fringues Boss et les caleçons en soie, j'ai déjà commencé à reprendre le dessus, figure-toi, deux nanas pour l'année, c'était jusqu'à hier, parce que hier,

J'ai vu depuis le début de son discours, et dans l'ordre, Jean prendre une pose concentrée et me regarder avec une certaine intensité, comme s'il avait l'intention de m'enculer et puis agiter ses biceps et son absence de poignée d'amour sous mon nez – et tout ça ressemblait de plus en plus, avec le crépuscule qui s'étendait et des tas de lumières orange dans la rue, à du Genet filmé par Fassbinder, ce qui fait qu'en somme, je n'en menais pas large – et puis il y a eu des exhibitions pénibles d'étiquettes et un bref regard dégoûté, une pichenette méprisante sur ce qui s'est finalement avéré être un double whisky glace, des étoffes qui devenaient vertes et soudain ce croisement brutal du sens, des efforts inouïs pour empêcher mon esprit de prendre la mesure et de sélectionner, parmi toutes les fins possibles de la phrase de Jean, celle qui ferait se lever sur mes dunes une espèce de tempête. La fin de la quiétude, la fin de la nuit tendre – comment supporter ça ? J'attends une forme de régression : les détails minuscules se perdent dans le fond indifférencié et puis ce qui avait disparu revient au premier plan, et ruine l'acuité de mon regard. À moins que je ne me trompe du tout au tout, rien n'avait vraiment disparu ; c'est le point lumineux qui insistait toujours à la frontière extrême du regard mais qui en articulait discrètement tout l'agencement central qui est sur le point de s'échapper de la frontière et d'envahir tout l'horizon.

Dans un ouvrage de jeunesse, Clément Rosset note que le temps tragique coule en sens inverse de notre temps quotidien ; l'ouvrier trébuche, tombe de l'échafaudage, agonise et meurt à vos pieds. Cette chronologie n'est qu'apparente, elle est illusoire. En fait, le temps tragique commence par ce cadavre sur le sol et avance vers le faux pas. Béatrice meurt avant même de s'approcher de la fenêtre. C'est l'essence du *fatum*. Tout est toujours déjà fait. C'est inutile de se demander ce qui se serait passé si le pied n'avait pas glissé, parce que ce glissement est une conséquence fatale de la mort, et non sa cause. De tous les prénoms féminins que Jean peut prononcer, un prénom est déjà prononcé depuis toujours. Si le temps a vraiment deux sens, la mesure quantique cesse d'être un paradoxe ; elle exprime seulement la majesté du destin. C'est donc parce que Jean devait me l'avouer aujourd'hui, dans son épouvantable innocence, qu'il a couché hier avec Anna.

… hier, j'ai fini par coucher avec, devine qui, avec Anna, mec, avec Anna ! » Il y a bien entendu quelque chose d'ignoble et de prévisible dans sa joie puérile, quelque chose aussi, je m'en rends bien compte, de terriblement haineux, qui me visait moi, précisément. Insistante amitié, bienveillance, pourtant. Le crépuscule est l'heure des terreurs, c'est une bonne heure pour glisser lentement le long des fils électriques, pour s'accrocher avec des pâleurs de gecko aux murs tièdes de la citadelle et remplir tout l'espace et s'oublier encore, mais il y a quand même l'image ondulante des reins d'Anna abritant mon ami qui me fait m'écrouler dans cette chaise de bar devant mon impénétrable whisky glace ; fin de la souplesse. Je me sens dur et compact. J'ai des problèmes avec le poids de mon corps. Jean me regarde avec un sourire triomphant. Je suppose qu'il attend mes compliments et, sans doute, mes questions. Insistante amitié, et bienveillance, et joie puérile, et haine, et attente : cet ensemble-là s'appelle Jean. Il y a longtemps, je me posais des questions sur la cohérence des hommes, sur ce qu'était un individu. Maintenant, je sais que ce n'est pas une question du tout. Tout est là, dans cet enchevêtrement de choses éphémères et disparates, dans cette addition qui est le mouvement même de l'identification. Je n'arrive pas à me demander comment Jean peut être mon ami, et en même temps, me réchauffer de toute cette haine. C'est une situation bien connue : on se demande ce qui est vrai, on suppute de l'hypocrisie, on cherche ce qu'il faudrait croire *au fond*. La question n'a pas de sens : Jean *est* cette contradiction. J'ai des doutes sur l'existence du fond. Ça ne se passe pas comme ça, pas besoin de profondeur, il suffit de dérouler, il suffit d'énumérer. Quand je pense que certains s'évertuent à se connaître… Anna, une main sur les miennes, et puis des yeux noirs, et puis un sourire, et puis la mouvance de ses reins autour de Jean. Voilà tout. Avec la douleur que je ressens, et qui me surprend si fort, on pourrait débuter une nouvelle série qui attendrait de recevoir un prénom. Le désert aussi, c'est un chaos, une multiplicité informe. On ne peut rien assigner, il n'y a rien de précis. Une douleur flotte sans moi au-dessus du whisky. Depuis que l'amour des autres m'indiffère, depuis que ma douleur est devenue une chose, depuis *maintenant*, je n'ai plus de problèmes éthiques. Je pose les questions nécessaires. Jean semble heureux que je le fasse.

4

LA LIGNE CACHÉE DANS UN CERCLE
CACHÉ DANS UNE LIGNE

> *Después reflexioné que todas las cosas le*
> *suceden a uno precisamente, precisamente*
> *ahora. Siglos de siglos y sólo en el presente*
> *occurren los hechos ; innumerables hombres*
> *en el aire, en la tierra y el mar, y todo lo que*
> *realmente pasa me pasa a mí...*
>
> JORGE LUIS BORGES,
> *El jardín de senderos que se bifurcan.*

Pendant l'hiver 1915, mon père me permit de l'ac-
compagner vendre une truie à Ajaccio, mais à vingt
kilomètres du village, dans une auberge où nous
nous étions arrêtés prendre le café, un homme de
Zirubia décida de nous l'acheter et je dus attendre
cinq ans pour voir la mer. En juin 1920, un de mes
cousins et moi posâmes devant un photographe mili-
taire, dans des uniformes tout neufs qui nous faisaient mal au cou, après avoir fait croire à l'officier
du recrutement que nous avions dix-huit ans, ce qui,
pour ce que j'en sais, était peut-être vrai. Je passai
un an à Carcassonne, au centre de formation des
troupes d'artillerie coloniale. Je ne me sentis même

pas dépaysé, tant les Corses étaient nombreux, sauf peut-être précisément par le fait que je voyais pour la première fois tant de Corses qui n'étaient pas originaires du Taravo. En plus du maniement des armes, on m'apprit à consolider ma pratique du français, ce que je pris suffisamment à cœur pour être capable d'envoyer, au bout de quelques mois, une lettre à mes parents. Je suis sûr que ce leur fut une grande joie, même s'ils durent utiliser pour la lire les services d'un de mes oncles qui se vantait d'être parfaitement bilingue, ce que chacun dans la famille aimait à croire. L'ayant entendu plus tard appeler avec assurance la route « le stradon », parler de « piribis » en désignant les moutons, et affirmer avec un aplomb admirable que le graphème « ph » se prononçait « pache », je ne suis pas très certain de la fidélité de sa traduction. Mais, après tout, le sens était secondaire. J'appris aussi à connaître et à aimer les putains. Ce fut une période de bonheur. Je ne la signale pas comme une exception : j'ai aimé ma vie. Je n'ai pas envie de la juger. À Carcassonne, je me liai d'amitié avec un garçon de la Rocca. Nous faisions la tournée des bordels ensemble, nous étions fiers quand les filles nous offraient, sans doute en hommage à notre jeunesse et à notre bonne humeur, une passe gratuite. Parfois, nous nous battions avec des légionnaires, et je sus gré à mon père de toutes ces heures passées à faire le bois et même des coups de bâton qu'il m'avait généreusement distribués pendant mon enfance. Nous étions durs au mal ; nous étions vivants.

En 1921, on nous embarqua à Marseille à destination de Dakar. Je ne revis mon village qu'en

1927. Cette nuit-là, je pus juste essayer de le sentir dans la nuit quand le bateau passa au large de la Corse. Mais je crois qu'il ne me manquait pas plus que ça. Les deux années qui suivirent au Sénégal me parurent incroyables. Je n'étais pourtant pas né pour être roi, ni mon ami non plus, et c'est pourtant ce que nous étions devenus. Des femmes telles que nous n'en rêvions même pas, noires et douces, et des serviteurs, et des saluts, tout cela, c'était un monde tel que nous n'avions aucune chance de l'imaginer. Je me révélai très doué pour l'équitation, si doué que je reçu bien plus vite qu'il n'était normal mes galons de sergent et une place d'instructeur des recrues sénégalaises. Chaque mois, on me ramenait un contingent nouveau, tiré de la brousse. Parfois, je participais moi-même au recrutement. C'étaient des hommes enthousiastes et souriants. Bien sûr, ils ne voulaient pas enfiler de chaussures et il fallait les secouer un peu pour leur faire remettre le cul sur une selle après leur premier essai. Mais ils finissaient par s'y faire et retrouvaient le sourire. J'ai appris très tôt à ne jamais présumer de ce qu'un homme est capable de faire ou non, et je pense que cela me fut d'une utilité vitale. Ils souriaient, mes Sénégalais, et semblaient être prêts à tout entendre, à supporter tous les coups de cravache, toutes les humiliations ; les Marocains, notamment, les insultaient du matin au soir et eux, ils riaient, comme si c'étaient des plaisanteries amicales. On m'a dit qu'en arabe le même mot veut dire « esclave » et « nègre ». Mais des années plus tard, à Damas, après que quatre Tabors eurent bousculé dans un bordel un tirailleur qui reçut une fois de plus les coups en riant, on recensa au petit matin quarante-cinq cadavres de Marocains massacrés à l'arme blanche avec une brutalité inouïe. Je me rappelle la ligne rouge qui déchirait les gorges, la pâleur verdâtre des intestins exposés et le marron violacé des verges qui pendaient de leurs bouches crispées. Ce ne sont pas des choses qu'on peut prévoir. Il faut être prudent.

En 1923, alors que mon ami partait pour Hanoï, nous fûmes appelés dans le désert syrien pour réprimer des soulèvements obscurs. Je vis le feu pour la première fois. Je me souviens de notre départ de Dakar, de la colonne des mulets qui traînaient les canons, des shakos rouges, du bonheur de sentir le contraste de mon uniforme noir sur la robe pâle de ma jument, de tout le sang qui circulait avec joie dans mes veines, je me souviens du soleil et des fauves, du ronronnement de la panthère qu'avait apprivoisée notre colonel et qui dévorait parfois des sommeilleux égarés dans la nuit, je me souviens des bandes de lycaons, et des scorpions dorés, je me souviens des turbans bleus et de l'odeur noire des femmes qui griffaient nos tatouages et il me suffit de penser que tout cela subsiste sans moi. Nous prîmes position un soir près d'une oasis. Il y avait des dunes et rien d'autre. Le commandant de ma batterie nous dit que nous combattrions le lendemain et je le répétai à mon tour à mes hommes. Pourtant, il n'y avait que des dunes, et rien d'autre, rien qui annonçât, d'aucune façon, la proximité de la mort. Au crépuscule, à l'heure de l'angoisse, mes Sénégalais se fabriquèrent des grigris de combat. « C'est pour la guerre » me dirent-ils en m'en offrant un que je n'eus pas honte de prendre. Je m'endormis vite et profondément et je fis un rêve. Les mêmes dunes, à une heure indéterminée du jour, sans frontières ni limites pour les couper du ciel, un halo orange et bleu, un halo circulaire comme peut l'être le temps et, par petits groupes nomades, des hommes qui s'engouffraient dans le centre du cercle ; on ne distinguait rien, ni chaos, ni rumeur, mais un tourbillon incessant et silencieux qui délavait les formes humaines. Des groupes s'avançaient toujours et je fus un de ces nomades mais, alors que je disparaissais dans l'extase du tourbillon, je me rendis compte qu'une force obscure m'avait renvoyé vers le bord bleuté et que j'avançais de nouveau vers le centre. C'était un rêve paisible, un rêve de violence sans fin. Mon ordonnance me réveilla à l'aube. Je vis au loin des ombres bleues prendre position sur les dunes. Il y avait dans notre campement une grande effervescence silencieuse et je pensai enfin à la mort. J'y pensai sans peur et j'eus là, pour la première fois, l'idée qui devait m'anéantir et me sauver. Je songeai que cette bataille avait déjà eu lieu et que tout était dit. Si je devais mourir, j'étais déjà mort et c'était égal. Sur un cercle aucun point n'est après ou avant un autre point. Ma mort était peut-être derrière moi. Je jure sans forfanterie aucune que je n'eus jamais peur de mourir dans aucune des batailles que je vis. Je suis d'un pays où l'on sait quand même deux ou trois choses essentielles sur la mort. Et déjà, en Syrie, malgré mes vingt ans, j'avais vécu davantage que dix générations de mes anciens. On ne pouvait rien me prendre. Je l'ai dit, les femmes, le soleil, les shakos, tout cela subsiste sans moi. Après avoir donné de nos pièces d'artillerie légère, nous reçûmes l'ordre de l'assaut. Les ombres bleues fonçaient sur nous, nous sur eux. Un capitaine tomba silencieusement devant moi et quelques autres avec lui. Au cœur du cercle, j'enfonçai ma baïonnette, tirai quelques coups de revolver, dans un temps mou et souple qui s'arrêta d'un coup pour nous laisser debout, au milieu des cadavres, tandis que les ombres bleues regagnaient la dune. C'était tout. Plus tard, un officier me félicita de ma tenue au combat et un de mes compatriotes me prit en photo devant l'oasis, en uniforme sable, avec l'écharpe et le képi blanc de campagne, et une cigarette à la bouche. Pas d'avant, pas d'après. J'eus la sensation immédiate que cette photo était déjà en train de jaunir sur un meuble dont je ne connaîtrais jamais les formes et dont j'ignorerais l'usage.

En 1927, j'obtins, en même temps que le grade de sergent-chef, une permission de trois mois. Je retrouvai le port d'Ajaccio étonnamment semblable à ce qu'il était sept ans plus tôt et, sur le quai, mon ami qui revenait d'Indochine. Il m'accompagna jusqu'à chez moi, où mes parents, mes sœurs et mes jeunes frères nous accueillirent avec les mêmes égards que si nous revenions de la lune. Ce soir-là, nous fîmes une promenade dans les rues de mon village et nous sentîmes peser sur nous un silence plus profond que tous ceux du désert. Ce n'était pas le même silence, ce n'était pas le silence vierge du sable mais, je crois, celui de l'absence. Mon ami me parla de Hanoï. Il ramenait aussi avec lui les choses qui lui survivraient ; il y avait surtout le cliquetis des bicyclettes et le parfum de caramel des fumeries d'Opium avec des volutes de fumée qui enserraient sa tête comme de longs doigts fins et venaient le chercher dans la rue. Au matin, il repartit vers le sud en me faisant promettre de venir le voir la semaine suivante. C'est ce que je fis. Des parents et des frères semblables me préparèrent le même café dans un village glacé du même silence. La seule chose différente, c'était l'aînée de ses sœurs qui ne cessa de poser sur moi ses yeux consternés. J'obtins la permission de lui écrire et, juste avant de repartir pour l'Afrique, dans une belle lettre solennelle, je la demandai en mariage, en espérant qu'existait dans sa famille un oncle traducteur plus compétent que le mien. Sur le bateau, je dus affronter la mauvaise humeur de mon ami que j'avais mis au courant de mes projets. La veille du départ, en sortant d'un bordel de Marseille, il me prévint que je devrais passer sur son corps pour épouser sa sœur, qu'il déserterait pour venir nous tuer si c'était nécessaire, qu'il avait lui aussi écrit à ses parents pour leur dévoiler l'ampleur de mon abomination et leur interdire de donner un consentement infâme. Je compris que les qualités qui me valaient le statut de meilleur ami étaient celles-là même qui me disqualifiaient en tant que beau-frère. Au moment où nous dûmes nous quitter, il me serra dans ses bras en pleurant, et me supplia de faire attention à moi. Tout cela se comprenait sans peine.

En 1928, mon régiment fut appelé à Dar-es-Salaam d'où il devait se rendre aux Comores. Ma batterie fut cantonnée à Dzaoudzi, sur l'île de Mayotte. L'année tropicale fut bercée par l'arrivée régulière des lettres de Corse et de Hanoï. Mon ami finit par consentir enfin au mariage. Il fallait attendre. Mais l'attente est une illusion, tous les instants finissent par arriver. Le temps circula donc entre les fleurs d'Ylang et les morsures de scolopendre, dans les plis humides du drapeau qui flottait sur la résidence de l'administrateur, entre les glissements des monstres marins du lagon et les alizés, le parfum de la sueur et du tabac, le lac Dziani, la croupe métallique et la bouche de la métisse d'Anjouan qui caressait l'ancre brodée sur mes revers, le souffle rauque des lémuriens dans la nuit, le tourbillon des Djinns et la psalmodie des sourates qui exaltaient la majesté du Seigneur des Mondes.

Dans nos quartiers rôdait un Noir, un vieux avec les yeux bridés des Africains de l'est, qui ne disait jamais rien. Et il me fut donné d'assister à un de ces instants, rares mais inévitables, où la mort d'un homme coïncide avec celle d'un univers – un instant vertigineux où le temps ne circule plus mais file soudain comme une flèche en ligne droite vers le néant, en laissant derrière lui l'autre néant de tout ce qui ne reviendra pas. C'était le dernier survivant d'une ethnie bantoue que des guerriers arabes avaient décimée. Une patrouille de légionnaires l'avait trouvé agonisant dans les ruines d'un campement bourdonnant de mouches rouges et lui avait ainsi malencontreusement sauvé la vie. L'aumônier de notre régiment l'avait recueilli à Dar-es-Salaam. S'il ne parlait pas, c'est qu'il n'existait plus aucun être humain qui parlât sa langue. Il ignorait le shimaore, le shibushi, le wolof et tous les dialectes que connaissaient nos soldats africains ; personne n'entendait le sien. Je bus le thé, un soir, avec le prêtre. L'Anjouanaise nous servait et l'homme s'était assis près du seuil, le regard fixé sur ses mains. Tandis que nous bavardions, il ne leva pas une seule fois la tête, comme si nos paroles n'avaient pas plus d'importance ni rien de plus à dire que le battement de la pluie tropicale ou le coassement sombre des crapauds dans la mangrove qui emplissait la pièce comme une respiration de fantôme. Depuis des mois, le prêtre tentait de lui apprendre le français, mais en vain. C'était impossible, il employait chaque mot qu'il apprenait à tort et à travers, sans logique apparente, sans pouvoir se corriger et il ne voulait maintenant plus rien apprendre. Le monde du français n'était pas le sien, ni celui du shimaore ni aucun autre. Il était le vestige inutile d'un monde désormais inatteignable qui s'était écroulé dans les sifflements des sabres au cours d'une nuit insignifiante, il était, à lui seul, ce monde-là. J'eus le vertige. Je compris que cet homme n'était proche de nous qu'en apparence, je compris qu'il se mouvait maintenant dans un univers multiple, confus et infini, duquel tous les chemins du signe avaient été effacés, un monde de toutes les directions et des profondeurs infinies, où chaque objet était un mystère et une cruauté, et des ténèbres, où chaque mot entendu et incompréhensible rouvrait la blessure nostalgique du sens, où il valait mieux être sourd, je compris qu'il brûlait en enfer. Au cours des semaines suivantes, il se mit à considérer les aliments avec méfiance, à goûter les pierres et les écorces pourries, puis il ne mangea plus et se mit à parler, des jours et des nuits entières, à parler pour personne. Il mourut un matin. Un capitaine me chargea de me débarrasser du corps. Personne ne connaissait sa religion. Je fis dire la Fatiha, un requiem et chanter un griot animiste. Un marabout musulman qui ne méprisait pas les esprits me raconta un jour que les Blancs ignoraient le sens de l'allégorie de Babel ; Dieu n'était pas en colère. Il voulait, en multipliant les langues des hommes, que des regards innombrables se posent sur sa création et l'exultent, et la reflètent, et la multiplient. Les Africains ne croient pas volontiers à la colère de Dieu. S'il fait beau – Louanges au sourire de Dieu – ; s'il pleut – louanges à Dieu qui lave nos péchés. On jeta le cadavre dans la mangrove, entouré d'un linge blanc. Je le regardais flotter quand le cercle se déroula, et l'avant et l'après fuyaient chacun vers leur néant, confondant tout, m'emportant presque, je me souviens, sans rien qui subsistât – mais, cette fois-là, je pus quand même rester sur place, au centre, sur la crête, et on m'accorda quelques mois plus tard une permission pour aller me marier. C'était le mois de mai 1930.

Le quai du port d'Ajaccio fut immuable. Pendant le long trajet, assis sur le pont, étiré par l'ennui, je me répétai que tout instant arrive et que déjà je voyais les Sanguinaires, que déjà je regrettais l'ennui du voyage et que, plus loin sur le cercle, et déjà, les rhumatismes broyaient mes os tandis que le souvenir de mon ennui torride exaltait ma mémoire ; ainsi, j'arrivai sur le quai où mon beau-frère m'attendait en riant. Et très vite il y eut l'injonction sacrée, Que le Dieu d'Israël vous unisse, le vin rouge et le silence du village, et ma femme comme une vierge de Samarie sous la dentelle blanche du voile, et la photo, les postures heureuses, et la peau blanche dont je ne me souvenais plus, le délice des pudeurs surmontées et le rythme de la nuit scandé par la plainte de la chouette, si je me souviens bien. Et tout cela que j'avais attendu si longtemps – passa en une seule nuit, et pas une fois je n'ouvris les yeux. Au matin, avant le cri de mes enfants futurs et leur mort, mais aussi bien après, je vis l'intimité du cercle et de la ligne, une intimité secrète, qui transforme le futur en passé et le présent aussi, ce qui tarde à venir, ce qui n'est plus là.

Maintenant, tout de suite après cette nuit-là, ce fut la fin de l'Afrique et la longue attente de l'automne du nord en 1939, et où était donc passé tout l'intervalle ? Qui m'avait donné ce galon blanc strié d'une ligne rouge, à la place des anciens zigzags dorés ? Comment ma fille avait-elle grandi si vite ? Le temps manque et file tout droit, malgré l'ennui infini qui ne ralentit rien, le cylindre sombre des pièces d'artillerie lourde vers la Sarre et le gris continu de la ligne, le temps court le long de la ligne, les jeux de cartes et les mots d'amour et de confiance, nous allons vaincre, et tu me manques, et comment va notre petite, et tu me manques, et nous ne vaincrons pas, tu me manqueras encore pendant cinq ans qui courent tout droit et qui passeront sans que je puisse rien faire et qui m'arrachent aux panthères, aux fleurs d'Ylang, aux étreintes des métisses, et rien ne subsiste que le gris du stalag où tu me manques tant, ce jour de l'an 1943, où nous posons fiers et étiques devant la tête de maure, ne subsiste que la fuite honteuse et la peur des obus de mortier parce que maintenant j'ai peur de mourir, même si c'est déjà fait, malgré la victoire, malgré le retour, je ne peux plus tenir sur la crête, il n'y a plus de cercle pour que tout revienne, et je suis vieux et maintenant, oui, mon village me manque, et rien qui subsiste même si je tâche de regarder encore vers la Sarre le long de la ligne, je m'accroche aux canons, ils ne sont pas encore venus, je veux les attendre et m'ennuyer encore, mais si, c'est ainsi, cela fait longtemps qu'ils sont venus et repartis, et il faut courir le long de la ligne, regretter le stalag, même le stalag, et les rations offertes pour pouvoir fumer, comme à vingt ans dans le désert syrien, pour être beau avec une cigarette, et plus loin encore les panthères qui ronronnent et le parfum des femmes et au bout de la ligne, déjà, je suis mort depuis longtemps, et toi aussi, au moment où nous entendons tous, avec une terreur que nous ne soupçonnions pas, le rugissement des Panzers, mais qu'il revienne, le rugissement des Panzers, et avec lui, la vie et les coups de bâton de mon père mort depuis si longtemps, et ton voile de Samarie, et surtout pas ce moment où je me retrouve dans

cette chambre d'hôpital où j'attends qu'on le ramène de ses examens. Elle n'est pas si laide, juste blanche et impersonnelle, il ne faut pas trop demander. Je ne sais pas pourquoi on lui fait des examens. Il doit y avoir une sorte de loi de rendement des malades dans les hôpitaux, il faut donner du sens aux machines. On aurait pu l'en exempter parce que lui, il n'est pas malade, il est vieux et il meurt, c'est tout. Ce n'est pas la peine de l'examiner. C'est pour ça que j'ai demandé une journée de congé au lycée. Je vais fumer dans le couloir. C'est long. Je me surprends à désirer partir. Et puis finalement, il y a le cliquetis des roues du chariot et on le ramène dans sa chambre. Je le vois tel que je ne l'ai jamais vu, tel que je n'ai jamais pris la peine de le regarder. Il est encore inconscient mais, dans son agitation, il a rejeté le drap qui le recouvrait. Les infirmières s'en foutent, ça ne fait pas partie de l'examen, la position du drap. Je vois ses jambes blanches, si maigres, et puis l'élastique de la couche. J'ai combattu sur les champs de bataille. Sa tête est posée de profil sur l'oreiller. Les mèches de cheveux blancs sont fines et rebelles au-dessus du tracé bleu des tempes, dans la peau transparente. Il y a un filet de sang qui coule de la bouche jusque sur le coussin. Pendant une bataille ou un assaut, il ne faut jamais s'écarter de sa trajectoire, mon petit. Si une balle ou un éclat d'obus est pour toi, c'est trop cynique de les rencontrer justement parce que tu essayais de les fuir. Mieux vaut continuer tout droit, la tête haute. Mais tout droit, ça t'amène ici. C'est le problème. Il cassait des bûches sur ses genoux, il connaissait le frémissement puissant des étalons et puis il souriait tout le temps et maintenant il saigne beaucoup par la bouche. L'infirmière me dit que c'est normal, que c'est l'endoscopie. Ce que j'ai envie de faire, c'est d'enfiler un tuyau dans son cul, à elle, sous les yeux impassibles du monde. Et après je lui dirai « c'est normal » et je couperai ses lèvres. Mais je sors fumer une cigarette.

Je fume la moitié du paquet. Quand je rentre, je l'appelle doucement parce que j'ai vu qu'il avait les yeux ouverts. Il ne répond pas. Je me dis que c'est les antalgiques et je passe devant son lit pour aller m'asseoir près de lui, mais j'entends tout d'un coup une espèce de souffle et puis sa voix, presque méconnaissable, qui suinte de ses lèvres et qui dit avec une ferveur épouvantable « mon chéri ? mon chéri... ». Tant bien que mal je réponds « oui ». Il a une voix d'enfant, une voix d'enfant anormal, une voix de monstre. Elle est déformée par une forme de terreur abjecte, une terreur que je ne connaissais pas. Je sais qu'il a vu le feu, le sang, des choses que je ne soupçonne pas, mais là il y a quelque chose qu'il n'avait pas vu, et que sans doute il aurait voulu ne jamais voir. Il y a un sommet de la faiblesse, un souffle infime qui souffre même d'être protégé. Je suis au pied du lit. Il lève le bras droit et désigne un point tout près de moi. « Mon chéri, je sais que ce n'est pas vrai mais là, à côté de toi, il y a une petite fille qui me regarde. Elle a les pieds nus et elle revient de la fontaine ». Je lui dis que non, il a raison, ce n'est pas vrai, ce n'est pas la peine de s'en faire. Il ouvre des yeux immenses et puis il dit : « Dis-le lui, mon chéri, dis-lui de s'en aller, si ce n'est pas vrai, qu'elle le montre, que ce n'est pas vrai. Chez elle on doit attendre l'eau ». Je suis allé m'asseoir près de lui, comme je voulais le faire. Sa main était retombée sur les draps. Aussi blanche, pas de contraste, sauf les veines bleues et les taches brunes, mais si pâles qu'on ne pouvait pas parler de contraste. J'ai posé mes mains sur la sienne et j'ai pleuré pendant qu'il s'endormait. C'est ce qu'il y avait à faire.

« The corpse will burn in its clothes » dit la voix pendant que se dresse sous mes yeux le corps rigide d'un homme en costume. La peur me réveille. Dans mon rêve, le mot « corpse » voulait dire « corps » ; maintenant, je me souviens qu'il veut dire « cadavre ». Je me rends compte que c'est exactement pareil. « Burn », c'est la même chose, une autre faute d'anglais qui m'apprend quelque chose. La chaleur de la putréfaction dans les costumes d'apparat et le satin des cercueils. Je ne me sens pas très bien. J'ai dormi contre sa main. Son visage est tourné vers moi. Il sourit et me dit d'une voix presque normale : « Alors, dis-moi, finalement, c'est un cercle ou une ligne droite ? » Je le regarde et il a les yeux fermés. Il respire régulièrement. Je ne sais pas si sa question fait partie de mon rêve. Je lui caresse les cheveux et lui dis quand même : « Je crois que c'est une ligne, grand-père, mais elle est cachée dans un cercle, et le cercle est caché dans une ligne ». « Tu sais beaucoup de choses » dit-il avec fierté en me caressant les cheveux. Par la fenêtre, on entend les voitures passer sur le cours Grand-val. Il y a du soleil. Ce ne sont pas des questions à poser avec un temps comme ça. La petite fille non plus, ça ne vaut pas la peine d'interpréter. Juste une petite fille qui fait peur, comme dans un cauchemar. Les cauchemars aussi disent la vérité, la vérité toute simple. Tout semble aller bien, maintenant.

Le lendemain matin, des cousins m'ont appelé. Mon grand-oncle était allé le voir à l'hôpital, de très bonne heure. Il lui amenait une bouteille d'alcool de riz et des nems. Ça leur plaisait de continuer à faire des choses interdites. Mon oncle ne voulait pas admettre qu'il n'y avait plus d'Indochine, il refaisait Hanoï partout, et Saïgon. Sur la place du village, il y avait des jonques. Il est entré dans la chambre et l'a trouvé sur son lit avec les yeux ouverts et la mâchoire pendante. Il a posé les nems et la bouteille sur la table de nuit et il a trouvé la force de lui remettre son dentier et de lui nouer la mâchoire avec un chiffon. Il voulait qu'il continue encore un peu à être beau,

comme tu es beau, me disait l'Anjouanaise, en me caressant les cheveux, tu es vraiment un mouzoungou, toi, ça veut dire beau, tu sais. Sa cuisse brune était jetée en travers de mon ventre, dans un contraste que j'ai toujours aimé. Depuis la varangue, on voyait le lagon, la nageoire des baleines et la tache lumineuse de l'îlot de sable blanc. Bientôt, tu seras adjudant, disait-elle en riant, et elle faisait des boucles avec mes cheveux. Peut-être que les lignes aussi se parcourent dans les deux sens à la fois. Peut-être que, quand elles sont infinies, elles sont comme les cercles. Elle embrassait ma poitrine, mes tatouages et je tendais les bras pour me jeter en travers des instants infinis, en me faisant lourd pour rester encore un peu là, et tant pis si la jeune fille au voile de Samarie devait m'attendre encore un peu plus longtemps ou toujours, en m'étalant aussi le long de la varangue, le long des frangipaniers, jusqu'aux mains fines des lémuriens, sur la barrière de corail, dans les branchies des monstres, dans les dunes circulaires où s'efface la forme des corps, où tout recommence, et je tâchai de devenir une surface pure, sans profondeur, avec les signes bleus des tatouages, pour glisser jusqu'à Hanoï, dans les fumeries d'opium, dans tous les endroits du monde que je ne connaîtrai pas, en gommant le souvenir du sang le long de mes lèvres, le souvenir de mon abjection, le souvenir du jeune homme chéri qui pleure sur ma main et que je ne consolerai jamais, que je ne veux pas connaître, que je n'engendrerai pas, dans aucun labyrinthe du temps, quelle que soit sa forme. Le marabout disait : « La Fatiha t'apprend qui est Dieu ; elle l'appelle le Seigneur des Mondes. Dieu règne sur les mondes infinis ». Oh, oui, des mondes, multiples et infinis, et l'Anjouanaise répétait « Bientôt, tu seras adjudant ». Je l'ai embrassée et tous mes reflets dirent « jamais ».

5

A PERFECT DAY

*Our cats lay quivering under the maguey: A
meaning had slunk, and now died, with them.
The boy slung them half stiff down the ravine
Wich now we entered, and whose name is hell.*

MALCOLM LOWRY, *Xochitepec.*

Hier, ou bien avant, Huguette m'a demandé de
l'étrangler. Plus rien à faire de précis. Une assiette
pleine qui me dégoûte un peu sèche tout près de la
fenêtre tandis que j'entreprends de me laisser faire
par un film, genre suspense, quoique la fin soit entièrement prévisible dès l'apparition du nom de Sandra Bullock sur le générique. Je viens de nourrir les
têtards dans leur bocal, et tout semble aller bien pour
eux : ils luisent, verts et simples. Les rumeurs de la
place de l'église ne m'atteignent pas trop. Un tueur
court au cul de Sandra Bullock depuis une heure, et
il n'arrive pas à l'attraper. Il veut lui voler une disquette qui contient on ne sait trop quoi – ce « on »
englobant le scénariste et le metteur en scène – et,
accessoirement, lui faire sa fête (je veux dire la tuer,
parce qu'il l'a déjà baisée au début du film). C'est

précisément ce qu'il me fallait. Mais on ne se méfie jamais assez. Sandra court dans un parc d'attraction de Los Angeles. Il y a un type déguisé en gros lapin qui essaye d'arrêter les gens en gueulant « Qui veut danser avec moi ? » avec la voix de Bugs Bunny. Elle le repousse, et je sens déjà que je vais moins bien. Pense-t-elle à ce que ça signifie de devoir se déguiser en lapin tous les soirs pour danser avec des gens qui vous rabrouent ? Pas le moins du monde, bien sûr ! Elle s'en fout, elle a rendez-vous avec un type qui a l'air de savoir ce qui se passe avec la disquette, elle ne pense qu'à sa putain de disquette, mais il ne viendra pas, vu que le tueur l'a buté et attend Sandra à sa place. Il l'attrape, la force à le suivre mais il y a une nouvelle intervention – décisive – du lapin qui crie joyeusement « Danse avec moi ! » et elle en profite pour s'enfuir, et le tueur fout une beigne au lapin – mais trop tard, elle est déjà cachée dans un manège – et le pauvre lapin se lève en faisant un bras d'honneur dans lequel n'importe qui de sensible percevrait toute la misère de son humiliation, et quand à la fin du film, que je regarde à travers mes larmes, le tueur se tue en tombant sur une bagnole, je suis bien content et ça me console un peu, pas du tout parce qu'il n'a pas pu régler son compte à cette pute qui ne vaut pas mieux que lui, mais parce que j'attendais ça depuis le coup de poing dans les dents du lapin. Sandra Bullock survit, elle, ce qui prouve bien que même Hollywood se met à mépriser la morale et les happy ends. Moi, je n'arrive pas à m'arrêter de pleurer, je commence à m'étaler, j'essaye de changer de chaîne et je tombe sur une grosse blonde aussi larmoyante que moi qui lit quelque chose en hommage à son grand-père, quelque chose qui commence par « Cher pépère Nestor » si bien que je me résigne à l'inévitable ; avec un regard d'envie vers le bocal, je sors.

Il y a tant de choses qui m'attendent dehors. Je le savais et je pouvais déjà les sentir tandis que je descendais le labyrinthe de l'escalier, avec l'image de ma main serrant un cou de femme et l'écho lointain des pleurs de Béatrice enchevêtrée dans les algues vertes du bocal. Et maintenant, ça y est, je suis finalement dehors, au milieu de l'été, dans une profusion de chairs et d'orteils écorchés, à essayer de retarder encore un peu le flux infini de la perception et puis j'ouvre finalement ma bouche, mes yeux et mes oreilles. Je n'ai pas peur de ça. Mais c'est quand même quelque chose qu'on doit approcher avec précaution. Il faut se méfier de ce qui est trop fort, tenir bien droit sur la crête et ne pas tomber, ni du côté de l'extase, ni de celui du hurlement. Toutes ces années d'enseignement et c'est seulement maintenant que je saisis l'essentiel : comprendre n'est pas l'aboutissement d'un processus intellectuel, ça n'a rien à voir avec une méthode, c'est un coup de hache, une déchirure brutale qui laisse ébloui, c'est une vision et en même temps, c'est ne plus rien voir du tout, je n'y vois plus rien. Qui supporte cette lumière ? – c'est ça qu'il faudrait savoir, mais on ne peut pas le savoir avant. Parfois, je reçois tant de choses, il me semble qu'il me faudra encore me transformer, je veux dire physiquement, sinon ça n'ira pas, ça ne continuera pas comme ça, ça ne pourra pas.

La limite est toujours trop proche, en somme, trop tentante comme la veine battante sous mes mains serrées, qui compte trop sur ma compassion. Un équilibre sur une roue, peut-être sur une ligne, et la joie du corps prêt à craquer.

Quand la tension retombe et que la marche impose son rythme, il y a un calme apaisant, même sur la place de l'église pleine de monde. Si je contrôle un peu tout ça, je sens, cachée dans la nuit d'été et dans une chanson qui s'échappe d'un bar, la présence d'un hiver secret, une autre nuit, violette et ocre qui fume au-dessus des tours de la faculté de Tolbiac, qui s'accroche en halo aux feux des voitures et à l'élégance des femmes qui passent à travers moi comme une vapeur de plus. Ce n'est pas du passé, c'est là, ça subsiste, c'est maintenant. « ô mon île, ô mon pays » chante la chanson – mais quelle île ? Il y a tellement de choses dans les mots. Pourquoi pas le pur hiver de la Restonica, la dureté du ciel bleu et le givre ? Oui, ça aussi. Et Tolbiac aussi. Dans les mêmes mots. Tous les hivers sont là, bien à l'abri dans la nuit d'été. Si j'accepte de m'en souvenir, la logique, et la grammaire aussi, distinguent soigneusement les opérateurs disjonctifs des conjonctifs ; pour appauvrir le monde, pour expulser l'hiver des nuits d'été et empêcher que Tolbiac se dresse au-dessus de nos fleuves. Quelle saloperie, quel mensonge !… À quoi peut-on arriver avec cette peur ignoble de l'infini, avec la logique et avec la grammaire ? « Si tendre soit la nuit, elle passe… » et Zelda Sayre avec elle. Quelle tendresse ? – celle de la femme qu'on aime, celle de la viande avariée. À la surface des mots, l'infini revient quand même, il tourbillonne dans la langue et chaque mot prolifère et grouille. Et puis il y a un art, loin de la logique et de la grammaire, un art des conjonctions, l'art des rencontres et des écumes, l'art vénérable, le prince des concepts, habile à extraire la beauté de tout ce qui prolifère et grouille – que les Grecs appelaient kaïros.

Ce qui fait la valeur d'un être mathématique, démonstration ou définition, n'est pas exclusivement sa rationalité ou ses compétences opératoires mais aussi sa beauté. Ainsi de cette définition de la ligne droite : la circonférence d'un cercle infini. Dans son *Discours de métaphysique,* Leibniz écrit ceci – qui semble constituer une curieuse défense de l'ordre du monde : « Il n'y a point de visage dont le contour ne fasse partie d'une ligne géométrique et ne puisse être tracé tout d'un trait par un certain mouvement réglé. Mais quand une règle est fort composée, ce qui lui est conforme passe pour irrégulier ». Curieuse défense en vérité qui consiste à montrer qu'on peut toujours attribuer un ordre mathématique à une série aléatoire. N'est-ce pas avouer le règne du hasard ? Mais peut-être Leibniz ne défend-il rien, et surtout pas l'ordre. Peut-être veut-il seulement montrer que la magnificence de Dieu, le Maître du kaïros, le Seigneur des Mondes, Lui permet toujours de suivre, au cœur inconcevable du chaos, la trace légère de la beauté.

Je retrouve Jean dans un de ces bars de rue qui poussent à tous les coins de la ville en été et qui disparaissent en novembre. Il est accoudé au comptoir avec une bière à la main et les yeux exorbités de l'hystérie. Il me fait signe d'un geste brusque mais surtout joyeux, je crois. Quand je vois Anna, un peu en retrait derrière lui, il est déjà trop tard pour faire demi-tour. Ce qui est bizarre, c'est qu'elle me sourit aussi, un sourire incroyablement *tendre*. Et pour me dire bonsoir, elle pose sa main sur la mienne. « Ça fait des semaines… » je lui dis. Elle rit et hoche la tête : « On s'est vus presque tous les jours ». Bien sûr. C'est exactement ça. Rester docile et perméable sous la mesure. Des dizaines de lettres parfumées se dissipent près de mon lit et surgissent maintenant de nouveaux souvenirs, ces saletés. Je dis : « Je n'arrive pas à me rappeler une chose, tout va bien avec Jean, ça va ? ». Anna me regarde avec surprise – « Avec Jean ? Quoi, avec Jean ? ». Je bois une bière et je m'y accroche.

« Tu n'as pas couché avec Jean ?

— Ah ! Si ! Ça, oui, mais ça n'a rien à voir avec ta question, ça. Ce sont des choses qui se passent, tu sais ça, tu le sais bien. Qu'est-ce que ça peut faire… »

Je la regarde bien. Il n'y a rien, aucune trace de honte, aucune trace de fierté, rien qui ressemble à de l'affectation, pas de défi, juste l'assurance de la cruauté, la cruelle innocence, la grande innocence de la vie, l'incohérence magnifique. Certaines personnes possèdent une grâce épouvantable, une présence d'une telle simplicité qu'elle repousse tout jugement, toute velléité de jugement, même, c'est une vraie grâce, qui les préserve dans une propreté inaltérable, un autre éblouissement. Tout ce qui est sale ne trouve plus de chemin pour s'exprimer, comme si la main de Dieu biffait toute saleté du monde. Je lui dis : « Ça ne fait rien, en fait, c'est juste que j'ai eu une vision difficile, un jour ». Elle acquiesce, me dit qu'elle va nous laisser faire la bringue, et puis elle embrasse ma main et disparaît dans la ruelle. Je me retourne vers Jean. Baiser doit carrément lui faire du bien. Il est extrêmement souriant, un peu trop, même.

« C'est une fille super, dit-il, et un super coup, en plus. Mais d'abord, elle est super et pour les coups, il y en a plein d'autres, j'amortis, je te le dis, j'amortis, tu vas voir, au fait, tu es très beau, ce soir, vraiment beau, laisse-moi te faire la bise et puis donne-moi ta bière, donne, tu mérites une autre bise. »

Il disparaît avec ma bière pendant deux minutes et revient toujours aussi souriant. Je regarde la bouteille. À l'intérieur, on distingue des paillettes blanches et des grumeaux. Il y a des traces de poudre sur le goulot.

« Qu'est-ce que c'est ?

— Bois ça, fais-moi confiance, tu vas passer la nuit de ta vie, tu vas voir, dans une demi-heure, la nuit de ta vie va commencer. »

J'ai bu maintenant, et je me suis accoudé au comptoir en essayant de m'intéresser aux conversations et de mêler mon rire aux autres rires, ce qui n'est pas si difficile, et les minutes ont passé dans la nuit tendre, jusqu'à ce que je ressente d'abord des picotements le long des bras, comme si mes nerfs commençaient à se dresser l'un après l'autre, et puis une bouffée de chaleur a d'abord fait bourdonner mes oreilles avant de se transformer en nausée et mon cœur s'est dilaté dans ma poitrine comme si j'allais mourir, il est venu comprimer mes côtes et mon ventre comme si mes tripes devaient gicler à travers ma peau, et j'ai été uniquement une poussée profonde de l'intérieur et une tension qui faisait tenir le tout tant bien que mal, avec des craquements de tous les côtés, les bras déchirés par le soulèvement des nerfs, pas une goutte de sueur, rien qui coule, de peur que ce soit du sang et des organes, mais tous les flux s'amassaient sous ma peau attendant le moment de gicler dans la nuit et de me faire crever, et j'ai eu la certitude que j'allais crever tout de suite, que ça ne pouvait pas durer une minute de plus, mais ça durait, toutes les légions de la sueur sous ma peau sèche, et je me suis mis à regarder Jean avec désespoir, à me débattre dans la pâte de ses mots qui m'engluait, j'ai dit, mais qu'est-ce que tu m'as donné comme saloperie, Nom de Dieu, et lui, souriant, marche un peu, respire, ça va aller, c'est horrible, j'ai dit, je vais crever, et tout d'un coup, juste en un instant, la sueur se met à jaillir de tous mes pores, je suis un abcès qui crève, le voile du monde se déchire aussi, je suis trempé par les eaux d'un baptême, mon corps suit le rythme admirable, il y a un frisson délicieux, mes dents se serrent pour garder trace de la tension et je sens le merveilleux sourire qui vient déchirer mes lèvres.

« Oh ! Nom de Dieu, Jean ! »

Il rit, me tape dans le dos, caresse mes cheveux et m'embrasse sur la joue.

Jean m'a prévenu : avec ce truc, il ne faut pas boire. À la rigueur de la bière, mais plutôt du jus de fruit. Seulement, à chaque fois que je commande quelque chose, malgré toute ma circonspection, comme d'habitude, je me retrouve avec un whisky, c'est comme ça, je fais juste ce qu'on attend de moi, je suis ce qu'on voit, comme c'est simple, et le whisky descend quand même. J'éponge ma sueur avec délices. Jean me parle, parle aux filles, parle et sourit à tout le monde. Il est incroyablement sympathique. J'ai des remontées d'amitié terribles. Des coupures de rythme. Une envie de parler pas possible. Des mots qui claquent, avec netteté. Et parfois des choses plus longues qui passent par ma bouche et glissent entre mes dents serrées, des choses de soie. On s'installe au cœur du temps, comme un pivot. On finit par glisser hors de soi-même, comme il l'a fait ce soir-là dans la mezzanine, mais sans cette voix qui l'insulte, on s'éloigne un peu jusqu'à devenir un étranger, un spectateur bienveillant et plein de compassion qui le regarde éponger sa sueur, sourire à son whisky et irradier l'amitié sereine, tendu et perméable aux choses du monde, soucieux du double mouvement de l'extase et commençant déjà à regretter la terreur de la montée, les tensions et les craquements, oui, je veux encore ça, je le veux tout de suite. Le type qui en vend fait ses affaires dans la rue d'à côté. Je vais le voir, j'écoute en souriant sa remarque sur mes pupilles, et je lui demande deux grammes de MDMA. Il se fait un peu tirer l'oreille, me dit que j'en ai déjà assez pour toute la nuit, mais je lui souris, je lui caresse le poignet et il me les donne. Je verse la moitié d'un gramme dans une bouteille de bière. Et puis j'en rajoute un peu. Je bois sans rien dire à Jean. Le problème, ce n'est pas le produit ; c'est ce qui en nous attendait depuis toujours une rencontre avec le produit, c'est la vision qui a toujours été là à attendre cette rencontre, c'est l'esprit du chaman, la matière, l'animal. Les autres peuvent prendre tout ce qu'ils veulent, ils ne verront rien et tout ça ne les regarde pas.

« J'ai l'impression que ça t'a contrarié que j'aie couché avec Anna, j'ai eu cette impression et maintenant, ça me désole, parce que si tu l'aimes, pourquoi tu ne me l'as pas dit que tu l'aimes ? J'aurais rien fait mais on ne sait jamais ce que tu penses et puis après tu fais une gueule pas possible et on se rend compte qu'on a fait quelque chose qui ne va pas alors que tu sais que je t'aime beaucoup, tu vois…

— Moi aussi, je t'aime beaucoup, et Anna aussi mais je ne l'aime pas dans le sens où…

— Laisse-moi parler, tu m'en veux ? dis que tu ne m'en veux pas, fais-moi une bise, c'est sûr que tu ne l'aimes pas ?

— C'est sûr et puis aussi, hier, ou peut-être avant, Huguette m'a demandé de l'étrangler, mais tu sais elle a vraiment insisté, et je l'ai fait et comme je ne le faisais pas assez fort, elle m'a un peu insulté et j'ai serré vraiment fort et…

— Tu as une belle voix, je trouve.

— … et là, j'ai vu cette veine qui gonflait sur son cou et c'était superbe et j'ai serré vraiment très fort et quand elle a fini de jouir, je crois qu'elle aurait bien aimé que je la lâche mais j'étais sur la crête, le temps était superbe aussi et j'ai lâché juste à temps, je crois qu'elle ne me fait plus confiance et qu'il vaudrait mieux que j'arrête de la voir.

— Étrangle-la, mec ! On va en boîte ? Tu conduis ? J'ai pas envie de conduire. »

Il hurle : « J'ai dix-sept ans ! Faudrait que je baise. Faudrait surtout que j'embrasse une fille. »

Au moment où je monte dans la voiture commence la seconde montée. Je la sentais venir. En allant vers le parking, mes mâchoires ont commencé à trembler et presque à claquer. Pas de whisky, a dit Jean. Tant pis. Pas de terreur. Maintenant, je sais ce que je dois attendre et c'est ce que j'attends. Mais finalement c'est encore autre chose. Le bruit du moteur commence par devenir un ronronnement de panthère, quelque chose de doux et de puissant, avec des harmoniques sourdes et aiguës, et je suis collé au siège quand le voile se déchire encore et que toute la ville me montre ce qui dormait dans ses plis. Tout se déplie. D'abord la route, dont le gris devient mat et profond pendant qu'elle s'élargit comme un circuit de Grand Prix. Toutes les couleurs explosent, maintenant, et sortent des profondeurs pour s'étaler comme un vernis sur les surfaces, une roue tourne sur le parking du supermarché et toutes les formes virtuelles se détachent et flamboient dans le ciel violet, les tours de Tolbiac, d'abord, dans cette ville maintenant inconnue, où je tourne comme dans un labyrinthe depuis des heures, incapable de trouver le chemin de la boîte, égaré par les lapins géants des jeux vidéos, encore des heures malgré les chiffres fluorescents et énormes de l'horloge qui me disent qu'une seule minute a passé, bien que pour la troisième fois je repasse devant l'église qui tend ses coupoles byzantines d'or mat, les murs clignotant au rythme de mon cœur qui épouse le souffle de la panthère, malgré le regard inquiet de Jean qui me regarde avec une inquiétude grandissante sans plus rien dire du tout, Jean qui ne voit pas la ville surgir de l'enchevêtrement des mondes, qui ne sent pas la puissance, le souffle de Dieu, les luttes silencieuses, près de la mosquée de marbre en écho aux tumultes des eaux du Stabiacciu grand comme l'Amazone, des pirogues et des perroquets déchirant la poitrine des oiseaux de nuit, Jean qui ne voit pas le monde proliférer comme un cancer, et tous les points de repère ont disparu, c'est un cercle qui nous retient dans ses lumières circulaires, mais je n'ai pas peur, je n'ai pas peur, je n'y vois rien, je croule sous les pensées qui prolifèrent à la surface de ma peau trempée, j'entends ma voix dans la voiture comme surgie d'une faille de lave et puis le cercle nous libère sur le parking de la boîte et les petits chiffres de l'horloge disent seulement quelques minutes.

La ligne de basse est la corde qui nous traverse. Elle enfle et décroît en nous. Nous sommes les combinaisons de la beauté. En sueur et splendides. Je hais les boîtes de nuit. Je hais le manège dégueulasse de la drague. Une fille passe, me regarde et me traite d'enculé. Je lui dis qu'elle fait erreur, moi, j'ai été muté au Togo, il y a des années. Je hais la musique techno. Mais il y avait là aussi quelque chose à voir. Des écrans géants passent les programmes d'une chaîne sur la mode. Des mannequins géants avancent vers nous avec les seins nus. Les garçons cherchent les filles qui se laissent chercher. J'entends, du fond de la ligne de basse, des phrases ineptes et ravissantes. Il y a comme une malédiction. Personne ne sort de soi-même. Ils essayent tous, ils parlent, ils tentent de se rappeler que la séduction exige d'aller vers quelqu'un d'autre mais au bout de quelques secondes ils ne peuvent plus lutter et retombent tous sous l'emprise du champ de gravité de leur moi, ce trou noir. Ils y retombent, ils y pataugent, ils s'en gavent. Chaque mot les ramène dans l'attendrissement moite de leur propre intimité. Et pourtant, ils passent toute leur vie hors d'eux-mêmes. Jean est leur négatif, en somme. Du moins, c'est ce qu'il est cette nuit. Il scintille de bienveillance. Son sourire semble ne rien quémander. Au bout de dix minutes, il offre un verre à deux filles qui acceptent avec une déconcertante docilité et le regardent avec les yeux stupides du désir. Tout est simple. Le monde a perdu de sa rigidité et plie mollement sous notre volonté. Il n'y a pas de doute, pas d'ennui, pas d'attente, la ligne de basse enfle encore, une main se tend et trouve la main qu'elle cherchait. Il sort de la boîte avec une des filles. Je reste tout seul avec l'autre. Je ne dis rien mais ça ne semble pas la gêner. Je dois être rassurant. Je n'ai pas peur, je ne vois rien. Un touriste italien passe près de moi et me bouscule involontairement. Je lui souris. Il me regarde et dit « Ai tirato la coca ? » Je dis non. Je lui souris. Comme il est beau et sympathique, le sale con ! La fille me parle comme si j'étais son ami d'enfance. J'écoute tout, avec attention et pourtant je ne suis pas là. Je suis là plus que les autres et pourtant je ne suis pas là. C'est une description précise de la situation, il me semble. Là, pas là ; fondamentalement *à côté* – d'où l'on voit tout, et ressent tout comme une ligne qui traverse et se nourrit de chaque corps. Je pose la paume de ma main sur le cou humide de la fille et je serre un peu en souriant. Je la sens frémir et je le regarde qui la sent frémir. Il y a un plaisir, une plénitude. Le contraire absolu d'un orgasme. Je prends ses mains et les caresse et je regarde tout ça, en sentant sur ma peau la condensation dans mon verre de whisky, le poids de la dalle du comptoir, ma langue sur des lèvres, la tension qui fait tenir tout ça, tant bien que mal, – debout.

« Oh, Nom de Dieu ! Que c'est bon ! Pour décharger, c'est la croix, tu t'en sors pas mais putain ! qu'est-ce que ça peut foutre, que c'est bon, c'est meilleur, c'est…

— Je suis d'accord.

— … oui, fais-moi une bise, c'est trop bon, sans déconner, je te jure que j'ai seize ans, même pas dix-sept, et j'adore cette musique, j'adore, je comprends tout, ils peuvent toujours rêver pour sortir l'ecstasy des raves, c'est clair, cette musique a été faite pour ça, pensée pour ça, elle est audible seulement avec ça, cette musique de merde, et il n'y a pas à chier ou à raconter des conneries, cette boîte est magnifique, mais vraiment, et les filles ! alors que les mannequins ont l'air con, mais con que c'en est pas vrai, le coup de hanche arrivées au bout de leur espèce de promontoire de merde, comme ça a l'air con, un coup de hanche, et le regard, un abîme de connerie, alors que les vraies filles, hein, les vraies, cette, cette pureté, ce don, ce, ce, ce cul, mon ami, fais moi la bise, et des seins, en vrai, avec une densité de chair, plein de chair au centimètre cube, encore plus, c'était trop délicieux, trop bon, je jouirai dans une autre vie, avec un con de mannequin que je traiterai de conne, ton regard a l'air encore plus con quand tu veux y mettre quelque chose, ce qui me tracasse, quand même, t'en penses quoi ? On vit peut-être dans un monde d'une bêtise totale, jamais atteinte, une perfection de la connerie, peut-être, ou alors, ça a toujours été comme ça mais on ne s'en rend pas compte parce qu'avant, on n'existait pas, c'est possible, une connerie parfaite qui dure dans le temps mais c'est rien, tant de beauté à prendre au milieu, même sur un parking de merde dans l'endroit où les gens atteignent des sommets de conneries, mais n'est-ce pas merveilleux à regarder, toute cette connerie ? C'est juvénile, et frais, ça a son charme, mais il faudrait quand même pas trop exagérer, mon ami, ils en rajoutent quand même un peu, ici, c'est chez nous, chez nous, c'est…

— Jean, tu as repris du MDMA…

— … Oui, mais toi aussi, alors – c'est à nous, à nous qu'ils offrent toute cette connerie. Ah, mon ami, c'est leur ouvrir les bras, c'est *ça* qui est juste ! Fais-moi une bise, je viens de définir la justice ! »

Deux textes de Nietzsche méritent entre autres notre vénération particulière. Le premier s'appelle *Pour le nouvel an*. On peut y lire ceci : « *Amor fati* : que ceci soit désormais mon amour ! » Le second s'appelle *Providence personnelle*. Nietzsche tente d'y échapper à la tentation de voir dans tout ce qui lui arrive l'intervention d'une divinité bienveillante. Il y a trop de bonheur, trop de sens dans tout ce qui lui arrive ! Mais que sont ces bonheurs ? – « la perte d'un ami, la maladie, la calomnie… » Voilà ses bonheurs. Et tout cela n'est qu'un don du hasard, la magnifique nécessité du hasard. Il n'y a pas de providence, juste la capacité héroïque à transformer les perspectives, à tordre le cœur de l'événement jusqu'à ce qu'il rende le suc de la vie. Malgré la proximité des gouffres et des abîmes, dans un vertige constant.

Dans la voiture, avec le soleil qui est déjà levé depuis longtemps, nous écoutons la voix de Lou Reed qui chante la perfection du jour et nous essuyons en souriant toujours le sang qui coule de nos narines. Sur le parking, Jean a repéré un groupe de touristes et a voulu leur expliquer sa toute nouvelle théorie sur la justice et la connerie. D'après lui, le facteur déterminant de la modernité ne consistait pas en un supplément de connerie mais dans la valorisation officielle et constante de la connerie. Les touristes auxquels ils s'adressaient en étaient l'illustration inespérée et il tenait à les en remercier. Ils prirent bien entendu la diatribe de Jean pour une insulte et commencèrent à nous bousculer un peu.

Jean se mit à rire et prétendit que leur réaction était une nouvelle preuve du bien fondé de ses propos. Il leur ouvrit les bras et ramassa un coup de poing dans les dents. Moi, je me retrouvai par terre sans trop savoir comment et je ne ressentis rien d'autre que le goût de la poussière. Je ne sais pas trop combien de temps cela dura, mais je me rappelle avoir été surpris par le goût de mon sang. J'eus le sentiment d'avoir été métamorphosé en une sorte de Huguette passive. C'était curieux mais plutôt intéressant.

« Drôlement cons, ces mecs, non ? » me demande Jean.

En ville, nous prenons un café et des croissants, en rassurant le serveur qui s'apitoie sur nos gueules absolument dévastées et puis je rentre me coucher. Sur le corps des têtards, on commence à apercevoir des excroissances qui annoncent la formation des membres. L'odeur de marécage vient m'apporter la paix.

Au cours de la journée du lendemain, je pris le gramme qui me restait. Mais ça ne me fit plus rien. Je crois plutôt que j'étais déjà à une telle altitude que je ne pouvais plus sentir ce que ça me faisait. J'avais des crampes à la mâchoire et un œil gonflé. J'abritais un désir énorme mais je ne savais pas de quoi. Que restait-il à saisir ? Quelque chose en moi était en train de s'éloigner, même si c'était plutôt la ville qui semblait se dissiper, perdre ses contours et sa matérialité, je sais bien que c'est en moi que se passaient les choses. Je restai chez moi. Le jour suivant une fatigue insoupçonnée s'empara de moi, au point que chaque mouvement me coûtait un effort terrible. D'habitude, mon champ de vision se déplace en même temps que mes yeux, si je me souviens bien, mais là il y avait un décalage, pas très important, peut-être même infime, mais suffisant pour que je me sente comme coincé dans une marge, systématiquement en retard. Je ne sais pas combien de temps on peut vivre dans le brouillard, mais c'est extrêmement épuisant. Je ne me sentais pas mal, au contraire, au fond de ma faiblesse extrême, je devinais encore la palpitation d'une corde tendue, d'une pointe de flèche, comme des secousses assourdies, un séisme puissant qui s'exprimait seulement en tremblements imperceptibles. La ronde verte des têtards, c'est ce qui convenait à ma faiblesse. Du coin de l'œil, il me semblait apercevoir l'ombre insistante de Béatrice mais elle ne me laissait pas la regarder en face. J'essayai de monter à l'Ospedale, pour retrouver la souche qui me déteste, mais quand j'y arrivai, accroché au volant et le nez collé au pare-brise, il y avait, comme c'était normal pour la saison, tout un tas de camping-cars et des grappes d'enfants joyeux dont la présence était beaucoup trop agressive pour moi. Je rentrai chez moi. Il me semble qu'il se passa quelque chose, peut-être la visite de Jean, peut-être quelqu'un d'autre. La grande puissance de ce qui est faible, il faut la protéger avec soin, on n'a pas le temps de prendre garde à ce qui se passe d'autre autour de soi. Sur le canapé, l'ombre de Béatrice lovée à mes côtés, bercé par les yeux aveugles des têtards et leur nage furtive, je repensais à ce film idiot avec Sandra Bullock et le lapin, et je commençais à sourire quand j'eus la gorge déchirée par un sanglot, et le séisme ébranla la surface, les spasmes se succédant sans arrêt, sans me laisser le moindre répit, toute puissance me fuyant comme une chair infâme, et je me retrouvai seul avec une tristesse sans objet, en deuil, vraiment, à trembler et à geindre. Je le savais bien que ça ne pouvait pas continuer comme ça, que je n'aurais pas la force, que tout ça transformerait jusqu'à mon corps, je le savais bien que je n'étais pas digne de tout ça et, mon Dieu, j'avais pourtant fait tout ce qui était possible pour me montrer digne du don infini, de la vision du chaman, mais pourquoi, pourquoi faut-il toujours que toute vision en vienne immanquablement à nous écraser ?

Il n'y a pas de mystère : tout paroxysme de vitalité finit par vous retourner comme un gant et par vous balancer comme une carcasse raide au fond d'un ravin où personne ne peut plus espérer de compassion. C'est comme ça. Le voile se déchire et je me déchire aussi – il faut prendre garde au sens des mots. La machine tourne à fond et ne tourne jamais plus vite que juste avant de se mettre à craquer et à geindre pour exploser sous la pression de sa propre force. Il y a toujours des explications rationnelles, bien entendu et, bien entendu, elles ne valent rien. Quand Jean est venu me voir, il m'a expliqué que le MDMA provoquait des phases de dépression tout à fait néfastes, que tout était normal et il s'est empressé d'illustrer son hypothèse en se mettant à pleurer comme un veau, à baver que nous étions devenus des drogués, déjà qu'avant, on buvait, qu'on était la honte de l'enseignement, des vrais criminels, que c'était trop triste et qu'il était une vraie merde, et moi avec, qu'on finirait mal, et que vraiment il ne comprenait pas comment il pouvait fréquenter un type qui avait des têtards comme animaux de compagnie et qui étranglait des malheureuses, et il commençait à se consoler en me soupçonnant très nettement d'être l'instrument de sa déchéance, de l'avoir précipité dans les affres de la came et de la perdition, si bien que j'ai quand même dû trouver l'énergie de lui dire que, vraiment, il me fatiguait. Il a essuyé ses morves en me disant « Tu vois bien ! » d'un ton humide de curé et puis il est parti.

Il ne faut pas blasphémer – que ceci soit mon amour ! – mais quand même, en pensant à Anna, je me dis que la force réelle est une chose bien plus simple. Maintenant, je ne pleure plus, je suis rentré dans une zone où il devient difficile de discerner les choses, de savoir où s'arrête ma peau et où commence le corps de velours vert des têtards, et le jour, la nuit, les objets et les gens, c'est difficile de savoir si je ne suis pas plus intimement au cœur de la souche détestée que dans mon propre corps, si le fantôme de Béatrice n'est pas, au bout du compte, plus charnel que moi. Francis Scott Fitzgerald ne connaît pas Anna et pourtant il a écrit quelque chose pour elle, « dont la vie fait paraître semblable à la mort la vie des autres. » Elle n'est pas très active, elle ne dit pas grand-chose, mais c'est pourtant vrai.

La plupart des gens sont empêtrés dans les rets du jugement et avides de juger encore, mais pas elle, elle est si loin de moi, elle ne questionne rien, c'est la force, c'est limpide, ça va de soi, sans discours, sans preuves, avec une telle tranquillité, Seigneur, un tel rayonnement, que ça n'a aucun sens de me demander si je l'aime, ça ne veut rien dire du tout, comme beaucoup de choses d'ailleurs, je soupçonne bien qu'au fond, depuis quelque temps, je ne comprends plus un mot de ce qu'on me raconte, et c'est un pur hasard si mes paroles rencontrent à peu près celles des autres, comme une sorte de réflexe conditionné. Il est possible, après tout, que les mots n'aient le même sens pour personne et que seule une convergence miraculeuse nous donne l'impression que nous parlons ensemble, il est possible que chacun de nous soit un monde clos, totalement fermé aux autres, que seuls mes yeux voient les objets qu'ils voient, et qu'il y ait une convergence miraculeuse quand il s'agit de les nommer, personne ne voit de têtards mais ce qu'ils voient, ils le nomment aussi « têtards », mais c'est une hypothèse odieuse, qui multiplie l'infini à l'infini, et plonge la folie multiplicatrice au sein de l'Aleph qui craque à son tour, suinte, se fissure, nous abandonne dans l'illusion de l'unité, alors que nous sommes tous enfermés dans la solitude d'une langue étrangère. Je n'aime pas Anna.

Combien de temps depuis le sanglot ? On ne peut pas faire comme si le temps n'existait pas, il faut que je me rappelle combien de temps, et quoi, sans faire d'hypothèse, juste me rappeler quoi, m'extraire de la zone où rien ne se distingue, et je peux faire affluer d'abord des images simples, la vaisselle sale, l'apparition à travers la perfection du jour de la plus terrible et radicale faiblesse, le canapé, et puis l'impression d'une visite et enfin, au prix d'un dernier effort, le souvenir des coups frappés à ma porte, et quand j'ai réussi à tourner la poignée, dans l'encadrure, la silhouette d'Anna, bouleversante de beauté qui me dit brutalement, qu'est-ce que c'était que cette histoire de vision difficile? Comment as-tu osé me parler de ça? Qu'est-ce que ça veut dire? Tu n'as pas le droit! Et moi qui finalement, après un sourire, lui claque la porte au nez.

6

L'ART DES RENCONTRES
ET DES ÉCUMES

En réalité, çà et là, quelqu'un joue avec nous – le
cher hasard : il mène notre main à l'occasion,
et la providence la plus sage ne saurait inventer
plus belle musique que celle qui alors réussit à
notre main insensée.

FRIEDRICH NIETZSCHE,
Le Gai Savoir, aph. 277, Providence personnelle.

Après que mon grand-père se fut tiré une décharge
de chevrotine dans la bouche, mes parents déci-
dèrent d'accrocher dans toutes les pièces de la maison de grands portraits en pied d'où il nous regardait
manger, nous taire et dormir, d'un air infiniment
las. Nulle part dans la maison, pas même dans les
toilettes, on ne pouvait lever les yeux sans rencontrer son regard triste. Ma mère persistait à raconter qu'il était mort en nettoyant son fusil. Pourtant,
je me souviens bien que ce n'était pas un homme
triste. Quand il faisait son jardin, il m'appelait avec
de grands gestes de la main et m'envoyait au bar
du village acheter les quatre paquets quotidiens de
Gitanes sans filtre qui donnaient à ses baisers un

parfum de terre et de réglisse. Il me donnait aussi une pièce, pour que je puisse m'acheter des bonbons et il me disait que j'étais la plus jolie de ses petites-filles. Si j'avais peur en allant à la fontaine, à cause des choses blanches à l'agonie qui luisaient dans le bassin, il m'accompagnait en me tenant la main. Quand le soleil se couchait sur le Valinco, il me prenait sur ses genoux et tournait pour moi les grandes pages lumineuses d'une encyclopédie du monde sauvage dans laquelle je devais retrouver le nom d'animaux exotiques ou improbables, le phoque tacheté, le lycaon, l'ornithorynque. J'avais huit ans quand il décida de mourir. Pourtant, il m'avait envoyée lui chercher des cigarettes, comme d'habitude. C'était l'été.

Chez moi, on se perdit en conjectures sans fin et les portraits furent finalement la seule réponse. Une réponse idiote et mauvaise. Haineuse, même, je crois. En transformant cet homme en vampire de papier, mes parents devaient tenter de lui faire payer leur honte et leur dépit d'avoir à supporter un suicidé dans la famille. Pendant des années, j'ai eu peur de ces portraits. Parfois, vers mes treize ans, quand le temps fut venu, avant de m'endormir, l'idée de ce regard qui me jugeait dans le noir arrêtait mes gestes et je devais tricher avec le désir en serrant de toutes mes forces mon poignet entre mes cuisses, sans faire un seul mouvement qui eût pu apporter dans l'au-delà la nouvelle de ma perversion. J'ai grandi dans cette atmosphère de contrition malveillante, et le goût de tous les aliments de mon enfance est celui de la peur et du jugement. L'enfance est ainsi le territoire de la peur et je ne veux pas en parler. Je n'ai jamais compris en quoi elle pouvait être une source de nostalgie ou d'émerveillement. À seize ans, j'ai tenté d'en finir avec l'enfance, la peur et le jugement. J'ai été voir ma mère et exigé qu'elle retire le portrait de ma chambre, pour les autres, je ne pouvais rien, mais celui-là, il me concernait et non, je ne voulais plus le voir. « Mon Dieu, Anna ! dit ma mère avec cet air douloureusement peiné et si méchant qui lui tenait lieu de compassion, Anna ! Comment peux-tu manquer de respect à la mémoire de ton grand-père ? Tu n'as pas honte ? » J'eus la force de mettre en colère. Je criai que ça n'avait rien à voir avec grand-père, que ce portrait était celui d'un étranger, d'un homme malheureux qui ne m'était rien, qui n'existait pas et qui n'avait pas à me regarder dans mon lit, je criai que j'en avais assez de leurs gueules d'enterrement, à papa et à elle, que quitte à choisir, moi aussi, j'aimerais décider de ma mort, en me moquant bien de ce qu'en penseraient les autres et qu'il n'y avait là rien qui justifiait le moins de monde tant d'années de rancœur et de silence, parce que c'était l'affaire des morts, pas la nôtre, celle des morts, seulement les morts.

Elle se mordit les lèvres et fit mine de me gifler. Tout son visage exprimait comme une émotion presque impossible à contenir et je dus faire un effort pour empêcher le dégoût de me salir la bouche. Ma mère semblait toujours vivre sous le coup d'une émotion quelconque mais invariablement intense. Je crois qu'elle n'arrivait pas à se croire sérieusement en vie et que la seule chose qu'elle avait trouvée pour tenter de s'en convaincre, sans le moindre succès, bien sûr, c'était d'exécuter chacun de ses gestes avec un air de grande conviction souffrante, comme si elle les redoublait, en quelque sorte, comme si elle leur conférait une insondable profondeur qui les dupliquait, les reflétait, leur donnait enfin du sens – le sens du ressentiment. L'iniquité d'une assiette brisée, une tache sur des draps, un coussin mal disposé, c'était bien suffisant pour qu'elle entame la tragédie de la profondeur, celle de l'injustice courageusement supportée, jour après jour, et la main lourde qui remettait le coussin en place, dans le même geste, se redoublait en plainte, et la bouche laissait échapper des « Mon Dieu » stoïques et presque inaudibles qui rendaient pourtant l'air de toutes les pièces infailliblement visqueux comme de la merde. C'était pareil, une fois de plus. Certainement, mes paroles l'avaient choquée ou quelque chose comme ça, mais il fallait qu'elle en rajoute encore, qu'elle montre combien elle était choquée, avec quelle horrible conscience de soi, quelle horrible conscience du *non-soi*, plutôt, si bien qu'au bout du compte, il ne restait plus rien qu'une pantomime grotesque, et pénible qui, au moins, me préservait du risque de l'amour ou de la pitié. Je lui dis « Maman… » et elle me gifla pour de bon.

Elle refusa d'enlever le portrait mais proposa que j'installe ma chambre dans une des caves de la maison qu'on avait aménagées pour accueillir des parents pendant les vacances. « Tes caprices ne changeront rien ici, ma petite, mais personne ne te retient… » murmura-t-elle. Depuis ce jour-là, je crois qu'elle n'a pas pu décider clairement de ce que j'étais, une folle ou une idiote. C'est à cette alternative que je dois ma tranquillité et je n'ai jamais rien fait pour suggérer qu'il en existait peut-être une autre. Elle ne m'a plus jamais giflée. Elle devait penser que, dans mon cas, le châtiment perdait toute efficacité parce que j'étais trop bête pour en tirer des leçons. Même quand elle se rendit compte que je couchais avec des garçons, elle ne fit pas de remarques : on peut devenir une pute par bêtise, bien plus facilement que par vice – c'est ce qu'elle devait penser. Je crois qu'elle se consola de tout ça en me méprisant avec une absolue sincérité. De toute façon, je sais bien que j'ai l'air bizarre pour beaucoup de gens, en plus de ma mère. J'aime bien les marges, les à-côtés ; littéralement, je n'ai aucun centre d'intérêt. Je ne comprends pas toujours ce qu'on me dit et j'ai beaucoup de mal à trouver les choses intéressantes. J'ai sans doute trop entendu, quand le silence était vraiment trop étouffant, de discussions ostensiblement passionnées sur les mérites comparés des oligo-éléments, les digestions problématiques ou la manière convenable de couper le pain ; les choses intéressantes me donnent la nausée. En général, on me laisse en paix.

J'ai joui de la paix, dans ma cave, sans ressentir le besoin de rien. On ne ressent jamais le besoin de ce qui aura de l'importance pour nous. Je guettais des rencontres, c'est vrai, mais on ne peut pas savoir vraiment ce qu'on guette, il ne faut surtout pas le savoir. On sait juste que quand ça arrivera, pour peu qu'on ouvre bien les yeux, qu'on s'absorbe le moins possible dans les choses intéressantes, on sera là, prêt à saisir cette chose qu'on n'attend pas. À seize ans, je n'aurais pas été capable d'expliquer ce comportement bien qu'il fût indéniablement déjà le mien. J'ai dû attendre que quelqu'un m'aide à lui donner une forme dans le langage. Sur certaines choses essentielles, nous ne sommes pas perspicaces, nous possédons toutes les lettres, comme si c'était une série aléatoire et puis il y a quelqu'un qui guide notre main, et dispose les lettres et fait apparaître le mot juste, le mot lumineux qu'on n'aurait pas su lire seul. Oui, il y a sans doute en nous un territoire indéniablement nôtre qui attend pourtant quelqu'un d'extérieur pour se révéler, qui ne peut apparaître que sous une lumière extérieure.

Cet été-là, un de mes cousins germains que nous n'avions pas vu depuis longtemps décida de passer ses vacances au village. Il vint manger à la maison, bien sûr, et donna aux portraits sévères le spectacle d'un jeune homme de vingt-cinq ans tout à fait épuisé, à la limite de l'impolitesse, qui buvait des litres de vin et n'exprimait son adhésion à la conversation – le temps, la digestion, les incendies – que par des hochements de tête presque offensants. Quand il partit, je vis bien que seul le poids de la tradition empêcha mon père d'exprimer un jugement sans appel sur la valeur de son neveu. Je le revis le soir même, au bar, plus du tout épuisé et complètement saoul. Il était assis à la terrasse avec des amis, un verre d'alcool à la main, les cheveux collés par la moiteur de la nuit, et d'un coup, comme ça, il se mit à me regarder en souriant. Ce n'était pas un regard très poli ou familial, pas le genre de regard qui convient pour une petite cousine de seize ans. Ça courait le long de mes jambes, sur mes poignets, dans les plis de ma robe, sur mes seins avant de revenir tout droit dans mes yeux avec un nouveau sourire. Mais malgré tout, bizarrement, ça n'était pas non plus complètement inconvenant, il y avait comme une espèce de franchise agréable qui m'aidait à me sentir bien. Aujourd'hui, je sais que tout était là, dans ce regard, et que c'est cette présence totale qui le rendait si plaisant, – pas de profondeur, pas de signification inexistante mais cachée, rien à décrypter. Vers une heure du matin, il vint s'asseoir à côté de moi avec son verre. « Alors, cousine… » – toujours souriant. Nous avons parlé un peu, pas beaucoup, et de temps en temps, il touchait mes cheveux ou venait vérifier du bout des doigts la densité de ma chair. Quand je me suis levée pour rentrer chez moi, il m'a suivie, comme ça, sans la moindre hésitation et ce fut comme si j'avais su qu'il allait le faire. Il marchait derrière moi, je sentais sa présence, et c'était bien de ne pas avoir besoin de se retourner.

Une fois dans ma cave, tout fut aussi facile. Il y avait quelque chose de nouveau, ce n'était pas une question d'âge, c'était nouveau pour tous les deux, j'en suis sûre, moi aussi, j'éclairais en lui quelque chose qu'il ne connaissait pas, je le savais à sa manière de me regarder, pas comme j'en avais l'habitude, rien à voir avec ce regard pitoyable qui cherche à maintenir l'excitation en fixant furtivement, ou avec une franchise obscène, les mouvements idiots de la bite qui rentre en moi, rien de cette application d'athlète vaniteux, le tic-tac emphatique, rien de tout ça, non qu'il se montrât pudibond ou ne regardât pas mon sexe (au contraire, il appuyait un long moment sa joue contre ma cuisse et regardait, longtemps, il regardait) mais c'était à chaque fois la totalité de mon corps que concernait chacun de ses gestes et de ses regards (les yeux rivés entre mes jambes mais une main si pleine de ferveur dans le creux de mon cou) et je jouissais aussi de ce qu'il ne touchait ni ne regardait, comme par contraste, et je sentis la superficie de mon corps, et l'écume qui parcourait la surface. Plus tard, il se recroquevilla contre moi, posa sa tête sur mon ventre, je sentais son souffle qui caressait mon ventre, et bien plus haut son doigt posé contre ma bouche, je ne me demandais pas ce que je ressentais, ce qu'il y avait là-dessous, il n'y avait rien, pas de dessous, rien à confesser, l'amour n'était pas une force mystérieuse, ce n'était rien d'autre que la totalité des gestes que nous venions de faire, une stricte équivalence, pas le sentiment d'abord, et puis après, par-dessus le marché, son expression, non, une seule chose, effectuée en même temps, l'amour, si on veut, tandis que nous nous endormions et, plus tard, en ouvrant les yeux nous nous rendîmes compte avec terreur et en riant qu'il était midi et que tout le monde était réveillé.

La seule chose raisonnable à faire, la seule chose possible, en fait, c'était de monter carrément à la maison. Une tentative de fuite discrète eût été l'aveu éclatant de notre dépravation. En sortant de la chambre, nous tombâmes directement sur mon père qui faisait le jardin et qui lâcha précipitamment tout ce qu'il avait à la main pour nous rejoindre. Mon cousin lança un « Bonjour! » aussi guilleret que possible, qui ne parvint pas à dissiper l'expression de honte douloureuse crispant le visage de mon père, et bientôt, de manière absolument identique, celui de ma mère. « Qu'est-ce qu'il fait ici? » demandèrent-ils sans se faire la moindre illusion sur la réponse mais sans doute avec l'espoir qu'on pourrait leur servir un mensonge acceptable. J'expliquai (en essayant de trouver tout ça résolument drôle) qu'il m'avait ramenée cette nuit et que, bêtement, alors qu'il était venu dans ma chambre pour discuter, nous nous étions endormis. Je ne pense pas que ça serait passé mais, regardant le portrait de mon grand-père, mon cousin eut une réaction miraculeuse. Il dit très vite que, oui, le sommeil nous était tombé dessus, comme ça, mais que, oh, qui donc avait fait ce magnifique portrait du pauvre tonton, qui devait bien manquer à tout le monde, le pauvre, gentil comme il était, d'ailleurs, le peintre avait su rendre cette expression de gentillesse si caractéristique du pauvre tonton d'une manière, vraiment, mais alors, vraiment, si bien que mes parents, malgré eux, absolument prisonniers du mécanisme implacable qui les contraignait à larmoyer et à renchérir à la seule mention des mots « le pauvre tonton ou X ou Y » se mirent effectivement à renchérir et larmoyer, avec quand même derrière tout ça, un reste de haine absolument furieuse contre ce mécanisme imparable, qui les forçait à larmoyer devant le neveu qui venait de baiser leur fille, là, sous leur toit, mais impossible de faire autrement que Mon

Dieu, quelle perte et, cruellement, mon cousin fustigeait ces autres mécanismes improbables des fusils de chasse qui vous partaient en pleine gueule dès qu'on s'avisait de les nettoyer, les exemples ne manquent pas, ah, çà, le pauvre tonton, oui, notre pauvre père – et derrière tout ça l'indicible « espèce de petit salopard, espèce d'ordure » – un tourbillon d'apitoiement sans appel, ma gratitude encore pour mon grand-père, qui n'avait pourtant rien à voir avec ce portrait de merde, et finalement, protégés par le tourbillon fatal des grincements mécaniques, nous nous sommes retrouvés dehors, tous les deux au soleil, hors de portée de mes parents crucifiés qui grinçaient dans le salon.

Je passai le reste de la journée à rêvasser dans la cave, à peine troublée par les pensées lourdes qui glissaient jusqu'à moi depuis le salon, mais le soir je me rendis compte que maintenant, je ne pourrais plus le voir, je compris que si nous nous faisions surprendre une fois de plus, une seule, ce serait un acte tellement au-delà du supportable pour notre famille qu'aucun mécanisme providentiel ne nous sauverait plus, même si je ne saisissais pas du tout de quoi nous aurions à être sauvés. Et, tout aussi clairement, je sus qu'il fallait que je le revoie, que je le revoie tous les jours, et lui aussi, là où il était, savait cela. Le soir, au bar, pendant que lui me regardait en buvant, j'allais discuter avec un garçon du village, un garçon de mon âge, à qui je donnai des baisers terribles devant tout le monde. Plus loin, mon cousin fixait les étoiles. Je ramenai le garçon chez moi, en faisant du bruit, et assez tôt pour que mes parents nous voient ensemble. Devant la porte de la cave, j'aurais bien aimé qu'il fasse demi-tour, mais c'était une chose impossible, il était nécessaire qu'il entre, je le comprenais, et tout aussitôt, je l'acceptai. Il entra, m'embrassa, toucha mes seins, glissa la main dans ma culotte et se mit à gémir avec la même inéluctable nécessité. Je ne le quittai pas des yeux tandis qu'il se précipitait en moi, son regard à lui attiré par le mouvement stupide et fascinant entre mes jambes, attiré comme par un sortilège, si attiré qu'il n'eut jamais conscience de mes yeux qui ne quittaient pas les siens. Quand il jouit, il poussa un feulement grotesque qui m'aurait fait rire sans cette espèce de crispation profonde qui agitait un minuscule territoire en un recoin précis de mon ventre, et il sortit de moi et le cercle se défit. Je sentais l'air frais. Il me demanda si c'était bien. Je lui dis oui. Je lui dis aussi tu ne peux pas rester là, on se verra demain. Il dit oui et s'en alla.

Je restai seule. Je regardais le golfe par la porte ouverte, la nuit d'été, les grands lycaons africains de l'encyclopédie qui couraient sur le golfe, et j'attendais. Mon cousin arriva vers deux heures du matin. Je le pris dans mes bras et il me semblait infiniment faible ou vulnérable. Je lui dis que j'étais heureuse qu'il ait compris que je l'attendrais, tous les soirs, je l'attendrais, je lui dis qu'il pouvait venir sans crainte maintenant parce que je m'étais trouvé un petit ami officiel que je présenterais à mes parents, et à tout le monde, et que personne ne saurait rien, que nous serions tous les soirs tout seuls, sans même les pensées ou les soupçons des autres rôdant entre nous, et que j'étais heureuse. Il me sourit et me demanda bizarrement si je comptais coucher avec le garçon. Je lui dis que bien sûr et que c'était déjà fait. Il leva la tête vers moi et je vis passer sans savoir pourquoi quelque chose de triste et de douloureux sur ses lèvres. Il me regarda un moment et puis la tristesse se transforma en une espèce d'interrogation inquiète. « Qu'est-ce que tu as ? demandai-je, qu'est-ce qui ne va pas ? » Il ne répondit pas.

Il vint me voir toutes les nuits jusqu'au mois de septembre, dès que le garçon me laissait seule avec ce point chaud dans le ventre, toutes les nuits pour guider ma main et que je guide la sienne. Et toutes les nuits, l'expansion de mon corps en faisait un territoire, et chaque surface multiple de ma peau luisait d'une attention ou plus encore d'un dédain, une respiration enveloppait le cri plaintif de la chouette, et le golfe sombre s'étalait sous la course des lycaons, toute chose était bénie. Quand il partit, je dis au garçon du village dont j'ai oublié les traits et le nom que je ne voulais plus de lui. Pendant les semaines d'automne qui suivirent, je me mis à détester mon village, et le golfe, à les détester de rester les mêmes alors que rien n'était pareil, et j'avais beau attendre avec la même exaltation, personne ne venait pousser la porte de la cave, aucune course ne me berçait plus. Et puis, bien sûr, les choses ont retrouvé leur visage neutre, le passé a pris sa place dans le passé. Je n'ai pas revu mon cousin pendant sept ans. En fait, je ne l'ai jamais revu.

C'est vrai qu'il y a un bout de temps, exactement sept ans après toutes ces nuits, il est venu frapper à ma porte, dans la ville où je travaille aujourd'hui. Quand je l'ai reconnu, c'est vrai, un spasme de bonheur inouï m'a coupé les jambes. Je ne crois pas que nous ayons dit un seul mot. Je l'ai embrassé tout de suite, comme une folle, et il m'a serrée dans ses bras et plaquée contre le mur. Mais c'étaient des lèvres étrangères, et des mains étrangères qui arrachaient mes vêtements, qui me touchaient avec une force et une précision complètement étrangères, et les mouvements de reins étaient aussi étrangement réguliers et irréprochables, comme le visage collé à mon sexe était celui d'un étranger et guidait le doigt étranger qui entrait dans ma bouche. Pourtant, c'était les mêmes gestes que dans le passé, mais en fait ça n'avait rien à voir. Il ressemblait à ma mère, maintenant. J'avais bien vu les coups d'œil qui dupliquaient les gestes, les reflétaient avec compétence, le masque indiscernable, celui qui recouvrait exactement son visage, avec un décalage infime et dégoûtant, je l'avais bien vu, ce grincement de machine efficace, cette mise en scène talentueuse, l'horrible conscience de soi, ou plutôt de rien, et si une voix mélodieuse, élégamment sensuelle, avait susurré « Ah ! je baise ma *cousine* dans le *couloir* ! Ah ! maintenant le *doigt* dans la *bouche* ! Ah ! maintenant je jouis *intensément* ! », avec italiques et points d'exclamation et tout, ça n'aurait pas été pire que ce long commentaire obscène et silencieux qu'il était devenu tout entier. Il alla s'asseoir dans le salon, avec un grand sourire. Il demanda du café.

Moi, j'étais debout avec ma robe tire-bouchonnée autour de la taille, l'air brusquement frais entre mes cuisses, mes seins qui me faisaient mal. « Va-t'en ! » lui ai-je dit. « Va-t'en tout de suite ». Il a eu l'air d'être surpris et surtout, ce qui était insupportable, vexé.

« Pourquoi ? Ce n'est pas important ce qu'il y a eu entre nous ? Tu as oublié ? Anna ?

— Non, je n'ai pas oublié. Et c'est si important que même ce qui vient de se passer est incapable d'y changer quoi que soit. Maintenant, va-t'en ! »

Il est parti. Il a cru que je lui en voulais. Il n'a rien compris.

Le jeune homme dont j'ai guidé la main et qui guidait la mienne, je ne l'ai jamais revu. Et je sais qu'il n'y avait pas plus de rapport entre ce jeune homme et le type du couloir qu'entre le vieillard des portraits et mon grand-père qui me disait que j'étais jolie. Ça m'a rendue triste, bien sûr, mais dès que j'ai compris ça, j'ai compris en même temps que ma tristesse était sans objet. C'est comme ça, les rencontres, ça n'a rien à voir avec quelqu'un, je veux dire avec un individu autonome. C'est seulement objectif, ça rend puissant et objectif et c'est tout. Il faut guetter. Après c'est fini. Comme nous sommes seuls, au fond. Même dans la puissance d'une rencontre, ce n'est pas vraiment avec quelqu'un que nous sommes. Ça n'existe que par nous, par notre propre lumière et après ça rentrera dans l'ombre et nous n'éclairerons plus rien. L'amour que j'avais pour lui, qu'avait-il à voir avec lui, en somme ? Et avec moi ? Pas grand-chose, sans doute, lui et moi, ça ne suffisait pas. Ça se passait plutôt entre nous, je veux dire là, dans l'espace entre nous, où prennent place les choses qui semblent un peu en retrait, comme la course des lycaons sur le golfe, l'odeur de la cave tendue dans l'attente, la plainte rythmée de la chouette, – pas même des choses, donc. Peut-être que ça ne veut pas dire qu'il faut oublier, peut-être au contraire même, mais justement, il faut que ça reste loin, que ça se conserve au loin, comme quelque chose de vivant mais d'inatteignable, il le faut, parce que malgré tous nos efforts, nous ne pourrons pas rendre ça proche autrement que sous cette forme paradoxale et lancinante de proximité qu'est le souvenir.

Tout cela, bien sûr, je l'ai vécu et, dans un sens, pensé, mais aussi, en même temps, je ne peux pas dire que je l'ai pensé, pas plus qu'on ne dirait de quelqu'un qui épelle correctement un mot dont il ne connaît pas le sens qu'il parle. Quelqu'un, je l'ai dit, m'a appris à prononcer les mots, sans me donner de leçon, sans rien expliquer, sans savoir non plus le premier mot de cette histoire qui est d'abord la sienne, pourtant, parce que c'est lui qui m'a appris. Lui aussi, il a éclairé sans le vouloir quelque chose qui n'est qu'à moi, et il m'a fait comprendre que c'était cela, une rencontre. Et moi, donc, je dois bien éclairer quelque chose en lui et je sais que je le fais mais je ne sais pas ce que j'éclaire. Peu de temps après l'avoir rencontré, nous discutions dans le bar où nous nous retrouvons d'habitude, et puis j'ai soudain eu envie de faire un geste que je ne fais jamais ; je voyais ses mains sur la table, comme des objets encombrants et inutiles, et il y avait là soudainement une telle puissance émotive, non pas triste mais simplement émotive, que j'ai posé mes deux mains sur les siennes, bien à plat, comme pour recouvrir le plus de surface possible. C'est un geste que je fais tout le temps, maintenant, un geste qui fait partie de moi, qui émane de moi, ou plutôt non, pas de moi, non, mais du point d'intersection où nous nous rencontrons. Ce jour-là, comme presque tous les jours, il semblait complètement à côté de la plaque, mais quand je l'ai touché, il en fut comme saisi par la grâce, la joie même (et c'était terriblement délicieux de voir ce qu'un de mes gestes, un seul geste simple et bêtement spontané pouvait bouleverser comme ça) et il me demanda :

« Tu sais ce que ça veut dire, kaïros ?

— Non. Dis-le moi. C'est grec ?

— Oui, oui… mais ça ne se traduit pas comme ça… enfin, si ! On peut, là, comme ça, on peut dire "occasion", oui, "occasion", mais on perd des choses… C'est le plus beau concept, tu vois, le prince… ça désigne un art… un art où il entre une part de chance, tu vois, un art spécial, pas bien net… sans la chance, au moins un tout petit peu, ça ne marche pas… mais la chance suffit pas non plus, bien sûr, non, ce serait pas du tout intéressant… disons, c'est l'art de profiter des rencontres, oui… il faut d'abord une occasion, là, c'est la chance, et puis quelqu'un qui guette, qui a l'art de reconnaître l'occasion, qui se laisse saisir, donc… voilà… ce qui fait que, du coup, ce n'est pas la chance le plus important, c'est pour ça que c'est un art… Qu'est-ce qu'il y a de beau ? tu vois… poser la question et savoir entendre la réponse, même petite, même minuscule… il faut beaucoup de force avec le kaï-ros, beaucoup de tension mais c'est pas le… bon, c'est pas clair… – mais ça te dit quelque chose ?

— Oui. Vraiment oui.

— Tu vois… tes mains, par exemple… chance, affût, force… C'est ça…

— Oui. »

La façon dont il m'a expliqué ça, c'était aussi, en même temps, un exemple de ce qu'il disait. Et pourtant, ce n'était pas double, non, ce n'était pas un acte et puis, en plus, son commentaire, avec le décalage infime et dégueulasse, c'était, si je peux dire, quelque chose comme une métaphore, une chose totale, pleine et ronde. Et ainsi, tout s'ordonnait en moi, mais pas d'une manière figée ou définitive. Il y avait plusieurs vies, maintenant. Le souvenir de mon cousin vivait plusieurs vies, je ne sais pas combien, une première peut-être, dans l'éloignement de la mémoire, une vie limpide, ache-vée, et puis une autre aussi dans la perspective de mes mains posées sur d'autres mains, éclairée par ce contact, une vie où ce souvenir était une sorte d'an-nonce d'un contact à venir, et encore d'autres vies, réelles ou possibles, mais combien de vies ? combien de perspectives sur une seule vie ? un nombre ini-maginable, infini mais précis, pourtant, un nombre qu'on devait bien pouvoir nommer, comme toutes les choses précises, mais moi, je ne connais pas ce nom, et si lui le connaît, jusqu'à présent, il ne m'en a rien dit. Ce serait le nombre de ce qu'il y a dans une vie, si petite soit-elle, le nombre exact.

Pendant deux ans, je l'ai vu presque tous les jours avec son ami Jean et il ne s'est jamais passé rien de plus que mes mains sur les siennes. Rien de réel, du moins, parce que je sentais bien, à chaque fois que je le voyais, quand il n'était pas complètement écroulé sur lui-même ou projeté dans des lieux inconcevables, je le sentais ramassé dans une sorte d'élan, un début de mouvement qui ne s'effectuait jamais. Un élan, ce n'est pas une chose, c'est un projet, une ébauche de chose, un élan qui ne débouche jamais sur rien, qu'est-ce que ça peut être ? Qu'est-ce que c'est ? – j'ai vécu avec cette question. Je me rends compte que je me suis assez peu interrogée sur moi-même, c'était lui qui me tourmentait. Avec le temps, sa faculté à éveiller ma compassion est devenue presque intolérable, non pas qu'il m'eût fait pitié, en aucun cas, non, je parle de compassion, pas de saleté, mais quand même, cette faculté-là prenait des proportions énormes et la moindre expression de douleur sur son visage me brisait le cœur aussi fort que chacun de ses sourires me rendait heureuse. Si bien que je me suis installée moi-même, au bout du compte, dans cette position d'élan, cette tension presque constante qui ne débouchait sur rien, rien du tout, au fil des mois qui passaient, jusqu'à ce que j'en ressente une forme d'épuisement physique, une contraction de tous mes muscles qui me faisait presque trembler. Qu'est-ce qui le faisait souffrir, qu'est-ce qui le rendait heureux ? – je n'en savais rien. Je me contentais de sentir ce qu'il sentait, sans penser, comme un appareil de mesure sensible et idiot. Même quand on ne pense pas, il y a cependant quelque chose qui pense en nous, ou plutôt qui fonctionne en reproduisant une forme archaïque de raisonnement, le schéma de ce qui marche la plupart du temps. Celui qui prend son élan doit s'élancer – voilà l'inférence évidente, en deçà de la pensée. Mais non, ça ne marchait pas. Une fois de plus, tout ça, je ne m'en suis rendu compte que plus tard, à l'improviste. Au début du mois de juin, après une allusion obscure aux sciences physiques, et une question stupide qu'il me posa, une question qui aurait pu faire croire qu'il ne comprenait vraiment rien, il s'est mis à fixer son verre de whisky, son énième verre, et à me débiter à toute vitesse un récit sur lui et moi, un truc érotique, en un sens, et complètement désespéré aussi, qui m'a mise dans une rage noire, vraiment épouvantable. C'est là que j'ai compris combien j'étais épuisée par cet élan virtuel interminable, auquel je n'avais même pas pensé une seule fois avant ça, et combien je lui en voulais d'être là, devant moi, de comprendre ce qui pourrait se passer mais de ne rien faire, et pas parce qu'il l'avait décidé, non, ça, au moins, je l'aurais compris, mais par faiblesse, parce qu'il n'avait pas de force du tout, il savait guetter, être à l'affût, jouir de l'attente, et là encore, même pas par perversité, par faiblesse pure, jusqu'à ne plus jouir du tout, donc, et la force de saisir, il ne l'avait pas, il en était loin, à une distance que je ne pouvais même pas imaginer, et il était là, empêtré dans sa faiblesse, prisonnier de ses velléités, si faible qu'il n'avait même pas la décence de se taire. Je l'ai planté là, sans aucune compassion, cette fois, complètement folle de rage, plus du tout amusée par ces filles qui venaient le conspuer devant tout le monde, parce que ça aussi, c'était de la faiblesse, au fond, cette manie de se taper ces connasses et de foutre le camp, comme si je ne l'avais pas vu regarder mes seins à faire craquer la dentelle de mon soutien-gorge, à la faire craquer de confusion, sans être capable de rien d'autre que de boire comme un trou dans des vêtements ridicules. Mais ce n'était pas de la jalousie et ce n'était pas de l'amour. C'était plutôt le sentiment qu'il y avait là une injustice dont il se rendait coupable envers lui-même, ou plutôt envers la beauté de ce qui était possible.

Je ne voulais plus le voir. J'avais l'impression de m'être trompée, quelque part, Dieu sait où. Mais quand je l'ai revu, quelques jours plus tard, j'ai pensé que peut-être je continuais à me tromper et il avait un air si radicalement vide que je ne pouvais plus tout à fait croire à cette histoire de faiblesse. Alors, j'ai continué à le voir, presque tous les jours, mais au lieu de rester au bar, il m'emmenait au barrage de l'Ospedale ou boire quelque chose à Cartalavonu quand il faisait vraiment trop chaud pour rester assis au bord du lac, à parler de choses et d'autres, jamais les mêmes choses, d'ailleurs, comme s'il lui était impossible de relier chaque jour par un discours commun, et l'expression de son visage n'avait jamais le moindre rapport avec les mots qu'il prononçait. Ce furent des semaines calmes, sans plus de rage, au cours desquelles je laissais mes muscles retrouver le repos.

Sans lui, je n'aurais jamais fréquenté Jean et, je le suppose maintenant avec le retard habituel, encore moins couché avec. Pourtant, je n'ai pas pensé une seconde à lui, quand j'ai couché avec Jean. Ça s'est fait comme ça, comme je fais les choses. J'ai dû inviter Jean à venir prendre le thé à la maison, un soir, et puis une fois qu'il était chez moi, j'ai dû comprendre que le mécanisme s'était enclenché sans que je puisse y faire quoi que soit et puis c'est tout, ça avait l'air d'être tout. Sauf que j'y ai pris un plaisir assez inhabituel, un plaisir toujours aussi étroitement localisé mais d'une intensité très curieuse. Sauf que, bien que je ne sois pas particulièrement pudique ou coincée, je me suis quand même montrée d'une crudité violente et exaltée dont je ne me serais pas crue capable. J'ai revu Jean quelques fois (et je me rendais bien compte qu'il n'en croyait pas ses yeux d'être tombé sur une fille pareillement disponible et déchaînée, d'autant qu'il connaissait cette fille) et puis je lui ai dit que ça suffisait. Ça ne faisait pas grand-chose de notable, apparemment, au bout du compte. Mais un jour, alors que je scrutais son expression à lui, au bord du lac, j'y découvris la trace d'une grande tristesse, une tristesse précise pour une fois, et je compris que Jean lui avait tout raconté et je compris que je savais depuis le début que Jean lui raconterait tout et que c'était précisément le signe de cette révélation que je scrutais sur son visage. Qu'est-ce que ça voulait dire ? Sa tristesse m'aidait à placer les lettres dans l'ordre. Mon choix de Jean, un garçon dont il était absolument manifeste qu'il racontait tout ce qui lui arrivait, mon plaisir et ma vulgarité avec Jean, cela avait donc le sens d'un spectacle, d'une mise en scène pour un spectateur absent et lointain, quelque chose de conçu pour provoquer sa tristesse et en jouir. Car, effectivement, bien que sa tristesse me brisât le cœur, elle me procurait un plaisir infini. Mais ce n'était pas de la perversité, non, pas du tout, c'était plutôt, maintenant que je ne peux plus taire ce mot, la seule forme d'amour tangible à laquelle j'avais accès. L'amour n'est rien s'il ne s'exprime pas, d'une manière ou d'une autre, n'est-ce pas. Et cette tristesse terrible, qui l'éloignait de moi, qui le retranchait dans une solitude si totale que j'aurais aussi bien pu être physiquement absente, c'était en même temps ce qui le liait à moi, c'était le seul acte d'amour que je pouvais lui offrir et contempler en retour, c'était le seul signe de notre beauté. Oh non, je ne voulais pas le faire souffrir par ressentiment, je ne voulais même pas le faire souffrir pour qu'il se rende compte (à cet égard, je me moque bien de ce dont il se rend compte ou pas), je voulais quelque chose d'objectif, de charnel, qui ne dépende pas de notre clairvoyance et qui existe, non dans notre esprit, mais parmi les choses.

Il me forçait à le torturer, en même temps que je trouvais un nouveau sens à la torture. Mais maintenant, ça ne suffit plus. L'autre soir, je buvais un verre avec Jean quand il est arrivé. Quand il m'a vu, il a esquissé un mouvement de retrait. Je lui ai souri et, quand il s'est approché, j'ai posé mes mains sur les siennes. « Ça fait des semaines… » m'a-t-il dit. Je l'avais vu la veille, à l'Ospedale, mais il fait toujours ce genre de réflexions. J'ai ri : « On s'est vus presque tous les jours ». Il a eu l'air perdu et terrorisé un instant et puis finalement, il a hoché la tête et dit : « Je n'arrive pas à me rappeler une chose… tout va bien… avec Jean… ça va ? ». C'était la première fois qu'il en parlait, vraiment, autrement qu'avec sa tristesse. Pour moi, Jean (je veux dire l'homme de l'acte réel, pas Jean en tant que cause de tristesse), c'était loin et j'ai dit, un peu parce que c'était loin, un peu pour le torturer : « Avec Jean ? Quoi, avec Jean ? ». Il a commandé une bière et l'a bue, en fermant les yeux, sans savoir combien d'amour il y avait dans ce geste.

« Tu n'as pas couché avec Jean ?

— Ah ! Si ! Ça, oui, mais ça n'a rien à voir avec ta question, ça. Ce sont des choses qui se passent, tu sais ça, tu le sais bien. Qu'est-ce que ça peut faire… »

En prononçant ces mots, j'en vins presque à avoir honte de ma cruauté mais je ne pouvais pas, il fallait que je le voie encore s'efforcer de rester calme, il fallait que je jouisse de toute la tristesse qui suintait de ses efforts et que je le regarde m'aimer. Et puis il m'a dit : « Ça ne fait rien… en fait… C'est juste que j'ai eu une vision… une vision difficile… un jour… » Voilà. Encore la faiblesse. Les mots qu'il n'a pas eu la force de taire, et la vision de moi qu'il me renvoie, avec Jean, tous ces mots dégueulasses, excitants, moi et Jean tout seuls devant lui, et c'est vrai, qu'est-ce que ça peut faire ? pourquoi ne pas être triste en silence, ou bien alors s'élancer, effacer carrément cette vision, lui donner l'éclairage qu'il faut, qui la rend belle ? pourquoi juste ces mots-là, trop ou trop peu de choses ? Je l'ai laissé avec Jean. J'ai retiré ma main et je suis partie.

Ce n'est que le lendemain que les choses ont commencé à mal tourner dans ma tête. Je ne sais pas pourquoi. La tristesse muette, oui, c'était supportable, et bon même, mais pas la tristesse à moitié dite, comme ça, gratuitement, même pas pour en faire quelque chose, ça, c'était encore quelque chose à crever de rage, quelque chose d'injuste. Qu'est-ce que c'était cette manière de se faire du mal, pour rien, gratuitement, alors que tout était facile et si proche, juste là sous la lumière ? Fallait-il attendre encore des années jusqu'à ce qu'il ne reste plus rien que le fantôme de ce qui aurait pu se produire ? Y aura-t-il un moment où il viendra me baiser dans le couloir alors que tout sera fini, délité, tombé en morceaux depuis longtemps sans même de place dans le souvenir ? Et il restera quoi, alors ? Quoi ? Des grands portraits effrayants suspendus partout dans mon esprit, qui ne représenteront rien, alors que moi, à mon tour, j'aurai été vaincue par la peur, et la haine, et le ressentiment, et que j'essayerai de fermer les yeux sur ces portraits en remettant les coussins en place sur le canapé, en nettoyant les chiottes et la baignoire avec une énergie absolument déplacée, qui criera partout que j'ai peur mais que je suis devenue si mauvaise et faible que je ne mérite ni amour ni compassion ? Pourquoi parler de l'art des rencontres si c'est pour faire ça, finalement, c'est-à-dire pire que rien, parce que rien, ça irait, pas de rencontre, ce n'est pas grave, ce n'est pas comme ce voile, cette vapeur de presque quelque chose, qui m'empêche de respirer, qui me bouleverse. Pourquoi me faire inventer de nouveaux gestes, de nouveaux sens, me montrer l'écume blanche qui court sur la merveilleuse surface de l'eau, et m'inviter ainsi pour finalement me tenir à l'écart ? Je me fiche de ce que durent les choses, tant mieux, qu'elles ne durent pas ! mais au moins qu'elles soient là un moment, juste un moment. Et puis après, on verra, je ne demande rien, je ne suis pas nostalgique, quand il n'y aura plus rien, avec un peu de chance, s'il ne reste rien, on verra, je pourrai peut-être aussi m'effacer d'un seul coup, comme ça, sans drame ni gesticulations inutiles, avec de la chance, en sachant qu'il ne reste plus rien à faire, que le temps des rencontres est passé, comme il convient, comme il est juste – mais comment le faire avec cette bribe d'histoire inaccomplie et cette manière de venir me rappeler sans cesse que quelque chose reste à accomplir ? Je voulais savoir, j'ai débarqué place de l'église, je suis montée chez lui, et j'ai frappé, frappé jusqu'à ce qu'il ouvre, et j'ai crié Nom de Dieu, qu'est-ce que c'est que ces histoires de vision ? De quel droit me parles-tu de tout ça ? Et en criant je le voyais sourire au mur derrière moi, bien qu'il ait un aspect vraiment effrayant, la lèvre enflée, un œil au beurre noir et surtout, surtout, une espèce de non-présence affreuse, comme s'il était prêt à se dissiper dans l'air, comme s'il tenait debout juste en flottant, et il a refermé la porte, exactement comme si je n'étais pas là et qu'il avait seulement cru entendre quelque chose.

Maintenant, je crois que je devrais partir, changer de ville, repartir au village peut-être, mais je ne le ferai pas. Si j'étais sûre que c'était seulement de la faiblesse, je le ferais, mais je ne suis pas sûre. Si j'en étais sûre, je le mépriserais assez pour ne pas avoir envie de partir d'ici. Mais je sens qu'il y a autre chose que peut-être je ne comprendrai jamais, parce que je comprends tout en retard, ou pas du tout, et cette chose-là, qui est peut-être pire que la faiblesse, elle me permettra peut-être de saisir une rencontre, comme ça, quand je ne m'y attendrai plus, peut-être qu'elle le fera s'élancer. Je ne lui ai jamais parlé de moi, je ne lui ai jamais parlé des soirées où je feuilletais l'encyclopédie entre des bras aimants, ni des portraits, ni des lycaons, ni du veillard terrorisé qui mourait tous les jours dans l'eau de la fontaine, ni de rien. J'aimerais, mais je ne crois pas que ce sera possible. Cette chose mystérieuse, au-delà de la faiblesse, l'empêchera d'entendre, et m'empêchera de parler, parce que je ne suis pas cette femme-là, pour lui, et j'ignore tout de ce que je suis. La chose, je me rappelle l'avoir entrevue, à l'Ospedale, au début de l'été. Nous étions assis au bord du lac et il ne regardait pas l'eau. Il regardait l'étendue de terre boueuse, avec les souches, et il ne me disait rien, pas un mot. Au bout de quelques minutes, il s'est levé et est reparti vers la voiture, sans faire attention à moi, presque en courant et en jetant des regards craintifs derrière lui, et je l'ai rejoint dans la voiture au moment où il démarrait si bien que je suis convaincue qu'il serait parti sans moi. Il semblait absolument terrorisé, comme s'il avait vu quelque chose de terrible, et il a presque réussi à me faire peur, malgré le soleil et l'harmonie de l'air. J'ai ri en le secouant un peu et je lui ai demandé ce qu'il avait vu dans les souches pour faire une tête pareille. Il a dit : « Hein?... Quoi?... » et j'ai répété ma question et il a répondu : « Une souche. »

7

ATTRACTEURS ÉTRANGES

... and he suddenly realized the meaning of the word « dissipate » – to dissipate into thin air; to make nothing out of something.

FRANCIS SCOTT FITZGERALD,
Babylon revisited.

Maintenant, tu n'es plus chez toi. Tu peux encore le croire mais tu comprends bien que tu fais erreur. Peut-être un démon joue-t-il avec toi. Tu n'es pas ici, pas seulement, en ce moment même tu chevauches sans doute dans le désert parmi les lycaons, il y a aussi des baisers sombres, et peut-être un lagon, et c'est pour ça que ce verre de whisky, bien qu'il soit la seule chose visible, semble si lointain, c'est pour ça que malgré tes efforts et ton ivresse, il te concerne si peu. Et ce tutoiement qui te secoue, ce n'est pas celui de l'intimité ou de l'affection, c'est le tutoiement grossier et méprisant de l'exil. On te chasse. Comme tout le monde, j'aurais pu avoir une autre vie. Un alezan et des maîtresses africaines au lieu de ce verre-là. Mais je serais mort et quelqu'un regretterait à ma place de n'avoir pas reçu ma vie.

Tout serait pareil. En un sens mystérieux, le possible n'existe pas. Tous les moments insignifiants que nous sommes déploient la forme absurde et implacable d'une fatalité.

Chez moi, ça pue. Une odeur sournoise de pourriture et de vase. Ça doit avoir un rapport avec les formes vertes, comme des ébauches grotesques d'animaux, qui se décomposent sur le sol. L'été s'achève mais c'est toujours la canicule. Demain ou dans trois jours, à peu près, c'est la rentrée. Certainement, il y a là une chance à saisir. J'ignore absolument comment les jours ont succédé aux nuits, et ce que j'ai bien pu faire pendant ce temps-là. Si je regarde mon visage dans le miroir, je vois nettement que ma lèvre est encore enflée et saignante, alors que la rouste du parking date de plusieurs semaines. Tout me porte à croire que je suis encore sorti et que quelqu'un n'a rien eu de plus pressé que de m'éclater la gueule encore une fois. À moins que mon corps ne garde en lui la trace de chacun de ses états passés, ce qui semble encore plus logique. Mais bientôt, toutes ces questions ne se poseront plus, il faudra se lever, aller travailler, parler, je pourrai m'en remettre à des choses extérieures, parfaitement stables, et il suffira de se laisser aller à leur exigence.

Dans la rue, c'est le début de l'agonie. Un peu moins de monde, des gens plus vieux, un peu plus propres, tout ça, le signe de l'hiver qui va nous tomber dessus pour des mois. Le maquillage dégouline dans la chaleur. Mais ce qui va apparaître, ce n'est pas plus vrai, plus authentique, ça vaut la même chose, et c'est faux de dire que la saison qui s'achève est comme un maquillage qui coule, qui laisse apparaître le visage véritable, non, c'est plutôt comme la mue d'un serpent, une peau qui tombe, qui n'était ni plus fausse ni plus illusoire que la nouvelle peau dont on commence à apercevoir la lueur à travers les lambeaux secs. Comme toutes les mues, ça n'a rien de très plaisant à vivre, et ce n'est pas non plus un spectacle très gai. Ça se voit, nous réinvestissons visiblement nos rues, on gesticule pas mal, on traîne les pieds. On essaye d'anticiper. Dans mon métier, anticiper, se secouer dans tous les sens pour faire tomber la peau morte, ça consiste à descendre au lycée et demander l'emploi du temps. Comme ça, on est en vacances, mais déjà tourné vers l'avenir, pour ainsi dire, si l'expression n'était pas dangereusement enthousiaste, et donc complètement inadéquate. En tout cas, c'est une idée tout à fait brillante de descendre au lycée chercher l'emploi du temps, enfin, une idée qui vaut toujours mieux que de rester à se torcher la gueule au milieu des cadavres de têtards et du verre brisé, ça ne fait pas de doute.

En arrivant à l'administration, je tombe sur un jeune garçon qui semble absolument ravi de me voir. « Oh, monsieur !… Monsieur !… Ça va ? Merci, au fait, vraiment, merci… » Je le regarde avec un peu de méfiance. Je souris à tout hasard. Merci de quoi, au fait ? « Ben, vous savez… les cours… le bac, quoi, merci pour le bac… » Il s'agit donc, semble-t-il, d'un ancien élève qui a l'air de penser que je mérite sa gratitude pour une chose ou pour une autre. Même si ça ne paraît pas très convaincant, c'est bien émouvant, oui, un peu trop même, après des vacances pareilles, et j'ai toute la peine du monde à me retenir de le serrer dans mes bras en pleurant, tellement ça m'émeut, cette gratitude juvénile. Je me retiens, mais il a quand même droit à une tape dans le dos et à une petite larme au bout du cil. On dirait bien qu'il n'en attendait pas tant, parce qu'il disparaît à toute vitesse en rougissant. Au secrétariat, je tombe sur Jean, bien sûr. C'est automatique, il nous faut ce putain d'emploi du temps. On se fait la bise et il me demande : « Ça va ? Tu ne m'en veux pas trop pour ce que je t'ai dit la dernière fois… tu sais, le MDMA, ça… » – ces derniers mots chuintés d'un ton presque inaudible ponctué de regards soupçonneux et circulaires. Certainement, rien ne m'empêche de lui demander à quoi il fait allusion et ce qu'il pourrait avoir à se faire pardonner, mais je ne demande rien, d'abord parce que, ça crève les yeux, Jean pense que son discours est d'une limpidité totale sans se douter qu'il vient une fois de plus de chambouler mon passé, et puis surtout, si je lui demande ce qu'il veut dire, je devrai supporter, en plus de son expression inquiète, tout un flot d'explications, longues et alambiquées, ça ne fait pas un pli, avec des mots à n'en plus finir et, qui sait ? de nouvelles révélations qui risquent de rendre les choses encore plus compliquées. Je me contente donc de lui dire, non, tu penses… bien sûr, que je ne t'en veux pas… C'est déjà oublié… Et je lui colle, à tout hasard, une tape dans le dos à lui aussi. Ça a l'air de le rassurer, parce qu'il embraye aussi sec sur la question des classes qu'on va lui refiler, et des journées libres qu'il aimerait bien avoir. Des journées libres ? Pour quoi faire… Si j'osais, je supplierais l'administration de me faire travailler du matin au soir, non que je compte effectuer un travail réel, mais je sens que ça me ferait vraiment du bien de ne rien avoir d'autre à faire que d'exécuter une suite d'actes obligatoires, totalement clairs, sans une seule minute à moi. « Il paraît qu'il y a des nouvelles profs qui arrivent, dit Jean. J'espère qu'il y en aura au moins une de baisable, mais j'y compte pas… » Je ne peux que lui donner raison. Il a trop baisé, cet été. Ça ne va pas être facile de se mettre à l'heure d'hiver.

Quelqu'un sort d'un bureau. Le proviseur adjoint, si j'en crois l'inscription sur la porte. Je ne m'affole pas. Tout va rentrer dans l'ordre. Il me sourit et dit : « Ah ! Monsieur (ici, un nom de famille qui, si j'en crois l'air convaincu de ce type, doit être le mien), comment allez-vous ? Les bonnes choses ont une fin, pas vrai ? » Oh, ça, pas de doute ! « Entrez, entrez… » Je m'assois en face de lui. Il fait des efforts pour ne pas remarquer ma lèvre éclatée qui se met à occuper tout l'espace du bureau.

« Vous avez passé de bonnes vacances ?

— Pardon ? Qu'est-ce que vous voulez dire ?

— Oui, je… Ces vacances, donc ?

— Sans doute très bonnes, oui. Oui, oui… Pourquoi vous demandez ça ? »

J'ai dû commettre une erreur, malgré toute ma vigilance et ma bonne volonté, je le vois bien à la tête qu'il fait. J'essaye de m'expliquer : « Je venais juste pour l'emploi du temps, vous savez… » J'ai adopté un ton vraiment gentil, pour éviter tout malentendu.

« Oui, certes, oui… Bien voyons… Le voici…
Vous aurez donc les terminales x, y et z, et vous
serez professeur principal de l'une d'entre elles,
vous aurez donc à l'accueillir dès demain matin,
à dix heures, enfin, vous connaissez tout ça, vous
n'êtes plus un débutant, pas vrai? Ah! Ah! oui…
Bon… Donc, vous les accueillerez, comme d'habitude, donc, et quant à votre emploi du temps, je
suis heureux de vous dire que nous avons pu vous
libérer le samedi matin et le, le… oui… également
le mercredi, vous avez de la chance, je dois dire que
nous avons fait des efforts pour… Mais… Qu'est-
ce qui vous arrive? Vous… vous pleurez? »

Ah, le sale con! Bien sûr, à peine prononce-t-il
ces mots que je me retrouve en larmes devant lui,
et je sens bien qu'il attend une explication acceptable et que cette explication, qui rendrait la situation limpide et normale, il l'attend tout de suite.

« C'est l'émotion, je réponds, je suis content
d'être professeur principal… »

Mais je me rends compte aussitôt que ça ne va
pas du tout, et que ça ne fait qu'empirer les choses,
si bien que je rajoute précipitamment :

« … et j'ai aussi eu un deuil, récemment, un deuil… »

C'est mieux mais toujours pas terrible. Il me tend
mon emploi du temps pendant que je renifle aussi
discrètement que possible. Il murmure :

« Vous vous sentez… enfin… il n'y aura pas de
problèmes? N'est-ce pas… Ces responsabilités…
Enfin, c'est dur, un deuil, je comprends… »

Je me lève en lui disant de ne pas s'inquiéter. Je
vois bien qu'il a une trouille bleue que je me foute

en maladie, comme ça, méchamment, le jour de la rentrée, avec tous les problèmes que ça entraîne, et je lui dis de ne pas s'inquiéter pour ça, que j'ai absolument besoin de travailler et que tout va bien. Je sors à toute vitesse. Dans le couloir, je me sens un peu mieux. Au lieu de prendre ma place dans le bureau, Jean reste près de moi. « Je reviendrai plus tard, on va aller boire un café » me dit-il. Je lui réponds que j'ai quelque chose à faire, qu'il le prenne tout de suite, son emploi du temps, et je le plante là. C'est déjà suffisamment compliqué d'être seul, et bien mystérieux, en plus ; à deux, je ne m'en sortirai pas.

Un système chaotique se caractérise par sa dépendance sensitive aux conditions initiales. Cette seule précision suffit à montrer qu'il a été fait un abus absolument injustifié et sans doute pervers du terme de chaos. Il y a là quelque chose comme une sale entreprise de séduction, un racolage. Parce que ce qu'on appelle chaos en physiques et en mathématiques n'a rien de chaotique. Il s'agit de systèmes parfaitement déterministes, régis par une causalité stricte, mais le nombre des paramètres déterminants est si élevé et leur nature si décisive qu'aucun esprit humain n'est capable de les prendre tous en compte et de prévoir l'évolution du système au bout d'un certain temps. Un esprit infini, capable de saisir tous les paramètres initiaux, en serait capable. Dieu en serait capable. Dieu prendrait en compte le battement de l'aile de papillon et prévoirait l'orage. Parce que nous ne le pouvons pas, nous baptisons chaos l'effet de notre finitude et nous vantons d'en avoir la maîtrise statistique. L'économie, les sciences sociales se sont jetées sur le concept pour y admirer le reflet de leur maîtrise jusqu'à la nausée. Mais ce n'est pas ça. Le chaos est un abîme aussi pour l'esprit divin. Ce n'est pas le lieu où chaque paramètre singulier acquiert une importance décisive mais au contraire celui où chaque singularité se perd et se dissout. Ce n'est pas l'émergence de la régularité statistique mais la fêlure, la faille qui brise et mêle chaque régularité, comme un balbutiement infiniment monotone et terrifiant. L'égrenage des chiffres et l'immobilité des souches ; la présence des choses. Le bégaiement de la vieille putain, comme Gombrowicz nomme la nature, et sa chair. Peut-être la seule trace de chaos véritable dans ce chaos de pacotille, c'est l'émergence de pôles d'attraction, au moins deux, autour desquels le système balbutie et bégaye, qui l'attirent et le font proliférer à l'infini et rendent les minuscules différences de trajectoires négligeables – ce sont les attracteurs étranges.

Je rentre chez moi complètement paniqué à l'idée qu'il me faudra attendre demain matin pour me débarrasser de tout ça. Je m'assois sur le canapé, en faisant bien attention à ne pas regarder vers la mezzanine où je sens dormir Béatrice d'un sommeil si léger qu'un simple regard suffirait à la ramener vers moi pour pleurer. Pendant un moment, je pense à faire un peu de ménage mais je crois que ce n'est pas possible. Et puis on frappe à la porte. Pourquoi, Nom de Dieu, pourquoi ? Comment est-il possible que quelqu'un s'imagine encore avoir quelque chose à me dire ? C'est Jean.

« Écoute, je dis, vraiment, là j'ai des choses…

— Laisse-moi entrer un peu. »

Je rassemble toutes mes forces pour tenir bon contre la porte pendant qu'il regarde l'intérieur du studio par-dessus mon épaule.

« Oh, putain… murmure-t-il, qu'est-ce que c'est que ça… J'en étais sûr que t'étais pas dans ton assiette, laisse-moi entrer, allez, on va parler… »

Parler ? Il y a un truc, quelque chose que je ne saisis pas du tout, de quoi pourrais-je bien parler ? Et puis j'essaye de ne pas mettre en colère quand même et je dis écoute, écoute mais il n'écoute pas et se met à parler et toutes ses paroles se mettent à germer et à ramper dans tous les coins, toutes en même temps, jusqu'à ce qu'il n'y ait plus un atome d'air respirable autour de moi, il parle, l'amitié, compter sur, l'amitié, la confiance, là, toujours, laisser aller, aider, ménage, la confiance, la puanteur, un sursaut, besoin, présence, l'amitié, l'émotion – et des marques d'émotion liquéfient le visage méconnaissable, semblable à une infinité de visages, si bien que je n'ai plus le choix et que je referme la porte et crie à travers la porte, écoute, écoute, Nom de Dieu, de plus en plus fort pour que ses paroles à lui restent bloquées derrière et au bout d'un certain temps je crois qu'il n'est plus là.

Ce qui compte, c'est de maîtriser correctement la situation jusqu'à demain matin et je ne m'en sors pas trop mal. Après, on verra, sûrement quelqu'un parlera à ma place, boira un café avec Jean et lui présentera des excuses, tu les lui présenteras demain, espèce de porc, sans problème, demain, c'est ce que je ferai. Je ne m'en sors pas mal. Attention à ne pas trop écouter le souffle épuisé qui descend de la mezzanine, à ne pas trop regarder le corps des têtards, à ne pas faire vivre trop de choses par trop d'attention. Mais je comprends maintenant que le mieux, c'est de partir d'ici, parce que trop de gens savent où tu habites, figure-toi, et il est bien possible que quelqu'un d'autre débarque, Huguette, par exemple, qui aura envie de se faire étrangler et qui pourrira le peu d'air qui reste en gémissant tout ce qu'elle sait, ou quelqu'un d'autre encore, et pas la peine de savoir qui c'est, alors casse-toi vite fait parce que l'énergie qui reste, il ne faut pas la gaspiller à claquer les portes, casse-toi, tant pis si le souffle se fait plus fort, casse-toi, pauvre fils de pute.

L'Ospedale est la meilleure solution. Il y a encore des touristes mais je ne connais aucun Allemand et je ne pense pas qu'il y ait un risque. À quelques centaines de mètres de moi, un enfant joue au bord de l'eau. Juste au-dessus, venant de l'ouest, des nuages noirs et argentés courent vers moi à toute vitesse, sans un bruit, et la lumière devient soudain vive et cruelle, ce n'est plus cette liqueur pastel éblouissante de l'été, tous les contours se précisent et on sent bien, derrière les nuages, la présence énorme de l'univers. Ce gosse n'est pas au même endroit que moi, c'est sûr. Il est dans un paysage de vacances, quelque chose de stable et de chaleureux, et moi je suis exactement à n'importe quel centre infini de l'univers. Il existe des cadres, des repères, des coordonnées – ou il n'en existe pas. Parfois, il n'en existe pas et dire « je suis à l'Ospedale » n'a aucun sens. Chaque point est un centre, des rayons se perdent dans le vide, dans les gouffres et les tourbillons. Il n'y a plus de ciel. Quand l'orage éclatera, il n'y aura ni éclair, ni pluie, ni tonnerre, mais un gouffre de choses tourbillonnant sans nom, dont chacune sera le reflet imparfait d'une autre. Il faudrait pouvoir se retrouver assis au bord du lac de l'Ospedale, transformer cette conjecture en un fait indubitable. Assis dans son corps, bien clos et limité. Mais même comme ça, même avec la peur, il y a quelque chose d'extatique, qui vaut bien mieux que le corps. En fermant les yeux, avec la fumée de la cigarette dont je peux suivre le parcours en moi, il y a encore des rumeurs de sang qui circule, d'organes qui pompent et broient et transforment, de muscles qui se fatiguent, on entend des flux, des crispations, des soupirs d'alambic. Et surtout des poussées qui tendent la peau. Plus je ferme les yeux, et plus ça pousse. Il y a quand même quelque chose qui demande réflexion. Je n'arrive pas à croire tout à fait que tout ce bruit interne vienne de moi. Peut-être que tous ces organes, quelqu'un les a fourrés à l'intérieur de mon corps, n'importe comment, et même il en a mis trop, et on m'a traité comme une poupée de chiffon, ou pire, comme une volaille farcie pour une soirée de fête bizarre, quelque chose dans ce genre-là, un peu dégoûtant. Mais qui m'a fait ça ? Quelqu'un de pas doué, c'est sûr, qui aurait mis le cœur dans mon ventre et des intestins dans ma tête avec des branchies à la place des poumons, sans même vérifier qu'il y ait bien la place, et il n'est pas impossible que sous la pression, une couture craque quelque part, ou que toute cette merde se mette à suinter par mes narines, à gicler sur le lac, par les oreilles, l'anus, la bouche, et qu'il faille tout recommencer en faisant un peu attention. C'est qu'il ne faut pas fermer les yeux, sans doute. Rester sur la crête, le point d'équilibre. Avec les yeux ouverts et tout l'univers infini qui essaye de me rentrer dedans, ça paraît risqué mais je crois que c'est ça, le point d'équilibre, je crois que c'est la pression de l'univers qui empêche mes organes de foutre le camp, et c'est pour ça que ça pousse si fort quand je ferme les yeux, oui, il y a un équilibre de forces, le point de rencontre des nuages et des viscères, là où les forces s'annulent, exactement tout le long de la surface de ma peau.

On arrive finalement à retrouver de la joie, quand même. Il suffit d'attendre un peu. L'énergie ne nous veut pas de mal, mais ça secoue, bien sûr. Toutes les tempêtes, les convulsions, la foi qu'on avait… ce qu'on aurait pu être, et même pas dans une autre vie, mais dans celle-là, juste celle-là, avec le même métier, la même gueule, tout, mais une petite différence… Demain, je dirai, bonjour, je suis… On verra bien, et puis je recommencerai à parler, à disséquer, à massacrer des idées dont j'aimais la beauté et il ne sortira rien de moi dont Platon eût pu dire, c'est la plus haute musique, la plus haute musique, et pas de grandeur, pas de fulgurance altière, pas de mépris, rien qu'une minuscule mélodie facile et écœurante, qui aurait pu être si belle peut-être, avec un tout petit changement de tempo, une altération de quinte, un autre instrument. Mais non. Ce n'est pas grave. On doit pouvoir jouir aussi de la médiocrité, même quand c'est la nôtre, en faire quelque chose de pur. Ça fait pas mal de travail. Mais pour l'instant, je me repose.

Le gosse continue à patauger bêtement. Il semble assez laid, et encore, je le vois de loin. Il doit être encore pire que ça. Vers Zonza, on entend le premier coup de tonnerre, et il commence à faire froid. Ce gosse m'énerve. Il faut vraiment être con pour s'amuser comme ça, l'enfance n'excuse quand même pas tout. Et puis, d'un coup, juste à côté de lui, je vois une silhouette qui sort d'une voiture, et même si je ne la vois pas bien, je sais tout de suite qui c'est, je la reconnais, Anna, je n'ai pas besoin de la voir de près pour savoir que c'est elle. Quand elle commence à marcher vers moi, je me dis que je ne veux pas parler, que je m'excuserai demain, mais en fait, je sens bien que je suis heureux qu'elle soit venue, et que peut-être je suis ici pour elle, parce qu'elle savait où me trouver, et j'ai hâte qu'elle soit là. Mais ce n'est pas Anna. C'est une fille que je ne connais pas et qui n'a rien à voir avec Anna. Comment j'ai pu la reconnaître comme ça si ce n'était pas elle? Souvent, il faut des erreurs comme ça, et beaucoup d'illusions, pour savoir ce qu'on attendait. Voilà ce que je sais maintenant. Depuis des mois, toutes les choses tournent autour de moi, une fois, deux fois et filent tout droit encercler Anna pour revenir vers moi, jamais vraiment sur la même ellipse, jamais le même nombre de fois, et elles filent encore, dans un espace à je ne sais combien de dimensions, une fois, mille fois autour d'Anna, jusqu'à ce que j'oublie tout, et puis d'un coup, autour de moi, et ma description n'est pas juste, non, on devrait plutôt dire que c'est du tourbillon des choses que nous surgissons, Anna et moi, en même temps que l'événement.

Mais vraiment, qu'est-ce que tout ça pourrait bien avoir à faire de l'amour ? Et d'où vient cette manie terrible de tout nommer, de découper la chair de l'expérience avec des mots, jusqu'à ce qu'il n'en reste plus qu'un cadavre terne ? Il y a déjà trop d'organes en moi, un tel fouillis, il n'y a pas de place pour rajouter encore quelque chose, même quelque chose de ténu comme l'amour. Il n'y a rien qui se passe en moi qu'une poussée, une bouillie primitive, et rien d'autre. Ce qui se passe, c'est ailleurs, autour. Comment la joie serait-elle quelque chose d'interne et de profond ? Comment nous toucherait-elle quand nous sommes enlisés dans la bouillie de notre intimité ? Pendant des mois, j'ai pataugé dans cette merde, je m'en souviens, j'avais des soucis, des préoccupations introspectives, des contrariétés, et la mélancolie profonde n'y changeait rien, le détachement spirituel, ce n'est jamais rien d'autre qu'une mélasse de liquides et de grumeaux, un bouleversement des organes et c'est tout. Mais parfois, comme une prophétie, je me rappelle, alors que j'étais en train de patauger dans la mélancolie, il y avait un instant, les vagues grises qui se dressaient comme des mains, l'obstination des cistes sur les montagnes, les plages noires et désertes, la tour de guet au-dessus du ciel, toutes ces choses que je voyais sans cesse mais qui disparaissaient sous les coulées familières des organes et des mots et qui, d'un seul coup, se montraient dans leur pure cruauté, balayant tout, si extérieures et lointaines, qu'il m'en venait des balbutiements de ferveur, comme si on m'arrachait aux sables mouvants, aux marécages pour me projeter dans l'indifférence des mondes, et ça, c'était la joie – la terreur et la joie. Comment parler d'amour, avec cette force aveugle qui arrache tout, et qui précipite les particules autour des attracteurs étranges tandis que je descends vers la ville ?

En mai 1966, au National Institute of Standards and Technology du Colorado, un atome a pour la première fois été pris en flagrant délit d'ubiquité. Il devenait parfaitement clair qu'il existait, entre le monde des particules élémentaires et le monde classique, une distinction réelle et scandaleuse qui ne se résumait pas à l'emploi d'un formalisme mathématique différent : atomes et électrons ne se comportent pas comme les objets macroscopiques dont ils sont pourtant les composants. Deux mondes en un. À quel moment et pourquoi les objets quantiques adoptent-ils donc un comportement classique ? Pourquoi sommes-nous prisonniers du lieu où nous sommes ? En 1982, au moment où Alain Aspect établissait expérimentalement la validité du paradigme quantique et de ses paradoxes, Wojciech Zurek émit une hypothèse (absolument vierge, contrairement à celle de Wigner, de toute scorie métaphysique) qui permet d'unifier les deux mondes. C'est la mesure, c'est-à-dire l'interaction entre le système observé et un appareillage, qui force un système quantique à actualiser une seule de ses potentialités. Or, chaque objet du monde est en interaction avec son environnement, et même avec tout l'univers, et c'est cette fatale interaction spontanée qui agit exactement comme le fait l'appareil de mesure en laboratoire en détruisant la cohérence des potentialités quantiques. C'est pourquoi, à notre échelle, l'ubiquité n'existe pas. On nomme ce phénomène « décohérence ». Plus le système est gros, plus la vitesse de décohérence est rapide, c'est-à-dire plus le système présente rapidement un seul de ses visages possibles. Le problème est que la décohérence n'a pas lieu avant l'observation pour les particules isolées et qu'elle est beaucoup trop rapide pour les gros systèmes (le chat de Schrödinger ne resterait dans l'état superposé mort et vivant que pendant 10^{-23} secondes). Elle est donc restée invisible et conjecturale jusqu'en 1997, année où elle a été observée au laboratoire Kastler-Brossel de l'École Normale Supérieure dans un champ magnétique constitué de six photons. Ce qui peut nous frapper, c'est le nom qui a été choisi pour baptiser ce processus. Peut-être nous semble-t-il plus naturel de penser qu'on passe au contraire de l'incohérence à la cohérence, en quittant le monde quantique. Mais il ne faut pas entendre ce terme dans son sens courant : on dit que tous les états possibles d'un système sont cohérents précisément parce qu'ils ne peuvent pas être séparés les uns des autres et forment un tout. Oui, dans le monde des particules, c'est l'enchevêtrement inextricable des possibles qui est cohérent et c'est cette cohérence que notre monde indigent et binaire ne cesse de perdre à chaque instant, dans un appauvrissement perpétuel.

Oh, c'est bien dans mon ventre qu'on a fixé un cœur, je le sens bien en montant les escaliers, en frappant à la porte, en écoutant les pas se rapprocher, et la main sur la poignée de la porte, et le visage véritable d'Anna qui, incroyablement, délicieusement, apparaît en face de moi. Je cours à toute vitesse sur la crête, dans le vent glacé, écartelé par la force et la joie, et je dérape un peu, une première fois, pendant qu'elle ouvre la porte, me sourit, pose ses mains sur mes joues, caresse mes yeux, je dérape et je commence à perdre l'équilibre, à glisser d'un côté, ce qui veut dire que, une fois de plus, je sens à la façon dont elle me regarde que je pleure, et le passé craque, je pleurais dans l'escalier, maintenant, plus loin encore, je sens ses doigts dans mes cheveux et je lui dis, je ne t'aime pas, je ne t'aime pas, et elle répond, non, mon cœur, je sais, ce n'est pas grave, ce n'est pas grave du tout, mais viens, maintenant, viens, il est temps, tu ne crois pas ? Il faut venir, le tutoiement de l'intimité, celui de l'exil, en même temps, quand ses mains descendent le long de mes bras, là où mon estomac se crispe, agrippent mes mains et me tirent le long du couloir qui est vertical comme un puits, et puis nous arrivons dans sa chambre qui se met à respirer lentement, sans que je puisse m'arrêter de pleurer bien que je sois heureux, m'accrochant à la crête du bout des doigts en répétant je ne t'aime pas, je ne t'aime pas, et il faut bien lâcher prise pour pouvoir la toucher elle, en commençant à glisser le long d'une pente tiède et amicale, au moment où s'élève enfin une musique inouïe, qui lie toute chose et magnifie la cohérence, il n'y aura plus de mesure pour tout séparer, tout mettre en ordre, la menace du plaisir, le baiser d'Anna sur ma poitrine et ses yeux qui me fixent n'empêchent pas les panthères de ronronner près du lit, ses seins sur ma peau n'empêchent pas Béatrice de hurler en dessous de nous, et sa langue sur mes yeux est chaude et tropicale, il y a toutes mes vies, et la pente que je dégringole, et le chemin qu'il faut pourtant commencer à gravir, en prenant bien soin de ne pas courir, et d'ouvrir les yeux pour tout voir, tout, la beauté des seins, mon pouce entre ses dents, la fourrure rouge des lycaons, et le sexe que je n'ai pas peur de nommer, dis tout ce que tu veux, mon cœur, tout ce que tu veux, laisse-moi aussi, et dis-moi le nombre, alors je vois tout, bien que ça soit innombrable, je vois chaque chose, en même temps, comme dans l'Aleph sous l'escalier, nous pouvons compter et nous ne le pouvons pas, parce que demeure la cohérence, aucune mesure ne sert plus à rien, et je suis là, ma main plongée entre tes cuisses sans que tu m'en veuilles, je suis là, et je n'en reviens pas de tes seins, avec tout ce qui se détraque en moi, je suis bien là et quand même je commence à fuir, à m'étaler, sans bouger du tout, au fur et à mesure que je descends la pente et en occupe toute la superficie, et tandis que les Druzes dévalent les dunes en hurlant pour nous ouvrir la gorge, je t'entends qui répète, mon cœur, tout ce que tu veux, et je te serre contre moi au moment où ma cousine ouvre la porte et me serre contre elle, au moment où le bitume du trottoir court vers moi, je t'entends dire viens, viens, et du fond du désert, je vois cette chose étrange et dégueulasse qui rentre dans ton corps, et je regarde et je ne sens rien, mais je t'écoute dire, oui, regarde, toi, regarde tant que tu veux, tu peux regarder, et j'aimerais te dire à quel point je suis heureux parce qu'il ne peut plus rien m'arriver maintenant, on ne m'enlèvera rien, tout subsiste sans moi, et si quelqu'un m'efface, ce n'est pas grave, on ne peut pas faire de soustraction, nous comptons, un, deux, trois, quatre, Aleph zéro, et c'est trop tard, plus de soustraction, c'est toujours ce qui reste, Aleph zéro, même si je n'ai plus rien à dire, même si je regarde le mouvement entre tes cuisses et que j'entends, regarde, regarde encore, regarde plus que ça, mon cœur, encore plus, même si tu ne m'aimes pas, il y a une musique inouïe, un rythme, et les mouvements de reins impeccables, qui suivent les muscles de l'Alezan, les épaules immobiles et le menton bien haut, avec le parfum de la sueur qui monte entre nous, une fois autour de moi, et autour de toi, et tout ça ne m'empêche pas de sentir tes jambes qui essayent de me retenir, je ne suis plus en prison, mais je monte et descends la même pente magnifique, le sable brûlant et une telle surface, Seigneur, alors je te souris, je te bénis, je te souris, sans résister au rythme de la musique, et je vois bien ton visage qui change, mais je ne sais pas, je sens tes jambes qui se resserrent et tes bras, qui commencent à bégayer, et si loin en dessous, mêlée aux pleurs de Béatrice et aux cris de guerre, ta voix qui m'appelle, qui me supplie, je t'en prie, regarde encore, et je devine ton regard qui me fixe, mais ça ne marche plus, tu vois, regarde comme je suis heureux, les choses autour de moi, autour de toi, ça ne sert plus à rien de me fixer, plus de vêtements, plus de whisky, plus de décohérence, tes mains sur mes épaules, le visage du plaisir, celui de la détresse, ton souffle si proche, le sifflement coloré de mes branchies, et ta voix incroyablement lointaine, qui m'appelle, et bégaye, me demande de regarder encore, pour une raison obscure, et moi qui ne sais pas, il y a le cercle vertigineux, la ligne infinie, les reflets balbutiants, l'expression douloureuse et terrifiée sur ta bouche, ton corps si proche, collé à moi, qui essaye de m'arracher à la pente, celle que je grimpe et le long de laquelle je chute, et ton expression lointaine, et finalement, à la fin de la lutte, quand tout recommence, quand tu as renoncé, malgré le rythme qui continue son balbutiement, tes yeux qui me fixent bizarrement comme si tu avais compris qu'en même temps je ne suis plus là, à l'abri, déjà mort ou je ne sais pas, je ne comprends pas, bien que je voie ta tristesse et ta frayeur et la détresse de l'abandon, je vois bien mais je ne comprends pas, je n'y arrive pas, et je ne sais pas pourquoi.

Portivechju, juin 2000-16 janvier 2002

TABLE

1. La théorie de Wigner 11
2. Cosas sin hacer 39
3. Vie et peuplement du désert 63
4. La ligne cachée dans un cercle caché dans
   une ligne 81
5. A perfect day 99
6. L'art des rencontres et des écumes 121
7. Attracteurs étranges 149

BABEL

Extrait du catalogue

1123. AKI SHIMAZAKI
Mitsuba

1124. LAURENT GAUDÉ
Ouragan

1125. CÉLINE CURIOL
Exil intermédiaire

1126. ALICE FERNEY
Passé sous silence

1127. LYONEL TROUILLOT
Thérèse en mille morceaux

1128. FRÉDÉRIQUE DEGHELT
La Grand-Mère de Jade

1129. AHMED KALOUAZ
Avec tes mains

1130. FABIENNE JUHEL
À l'angle du renard

1131. W. G. SEBALD
Vertiges

1132. ANNE ENRIGHT
Retrouvailles

1133. HODA BARAKAT
Mon maître, mon amour

1134. MOUSTAFA KHALIFÉ
La Coquille

1135. JEREMY RIFKIN
Une nouvelle conscience pour un monde en crise

1136. PRALINE GAY-PARA
Récits de mon île

1137. KATARINA MAZETTI
Le Caveau de famille

1138. JÉRÔME FERRARI
Balco Atlantico

1139. EMMANUEL DONGALA
Photo de groupe au bord du fleuve

1140. INTERNATIONALE DE L'IMAGINAIRE Nº 27
Le patrimoine, oui, mais quel patrimoine?

1141. KATHRYN STOCKETT
La Couleur des sentiments

1142. MAHASWETA DEVI
Indiennes

1143. YI MUNYŎL
L'Île anonyme

1144. CH'OE INHUN
La Place

1145. YI CH'ŎNGJUN
L'Île d'Iŏ

1146. CHO SEHUI
Le Nain

1147. CAMILLA GIBB
Le Miel d'Harar

1148. MARIE-SABINE ROGER
La Théorie du chien perché

1149. MARIA ERNESTAM
Les Oreilles de Buster

1150. KHALIL GIBRAN
Les Esprits rebelles

1151. SIRI HUSTVEDT
La Femme qui tremble

1152. JEANNE BENAMEUR
Les Insurrections singulières

1153. MATHIAS ÉNARD
Parle-leur de batailles, de rois et d'éléphants

1154. LAURENT GAUDÉ
Les Oliviers du Négus

1155. FRÉDÉRIQUE DEGHELT
La Nonne et le Brigand

1156. NICOLE ROLAND
Kosaburo, 1945

1157. LAURENT SAGALOVITSCH
Dade City

1158. JOUMANA HADDAD
J'ai tué Schéhérazade

1159. MAURICE AUDEBERT
Tombeau de Greta G.

1160. ÉMILIE FRÈCHE
Le Film de Jacky Cukier

1161. CAROLE ZALBERG
À défaut d'Amérique

1162. JEAN-LUC OUTERS
Le Voyage de Luca

1163. CÉCILE LADJALI
Aral

Ouvrage réalisé
par l'Atelier graphique Actes Sud.
Achevé d'imprimer
en mars 2017
par Normandie Roto Impression s.a.s.
61250 Lonrai
sur papier fabriqué à partir de bois provenant
de forêts gérées durablement
pour le compte
des éditions Actes Sud
Le Méjan
Place Nina-Berberova
13200 Arles.

Dépôt légal
1re édition : mai 2013
N° impr. : 1701128
(Imprimé en France)